KB252368

깃발인가 바람인가 마음인가

깃발인가 바람인가 마음인가

이 책은 嚴北溟, 嚴捷의 中國哲學寓言故事(전 4권,
桂冠圖書公司, 1990), 제 3권을 완역한 것이다.

인지
생략

중국 철학 우화 3
깃발인가 바람인가 마음인가
■

엮고 지은이 ─── 嚴北溟, 嚴捷
옮긴이 ─── 신하령, 김태완
펴낸이 ─── 김신혁
펴낸곳 ─── 서광사
■

대표전화 924-6161   팩시밀리 922-4993
130-072   서울 동대문구 용두 2동 119-46
출판등록일 1977. 6. 30.   제5-34호
■

■

제1판 제1쇄 펴낸날 ─── 1994년 8월 20일

1 2 3 4 5 6 7 8 9 10   99 98 97 96 95 94

ISBN   89-306-2919-9 03150

중국 철학 우화 3

깃발인가 바람인가 마음인가

嚴北溟, 嚴捷 엮고 지음 / 신하령, 김태완 옮김

서광사

이번에도 한문 원전과 관련하여 현대 중국어 번역에 조금 출입이 있는 부분에 대해 이야기하기로 한다.

먼저 예순 일곱번째 이야기인 '부스럼 딱지를 좋아하는 성벽'의 섬뜩한 결말 한 구절을 덧붙여야겠다. 현대 중국어 역에는 다음과 같은 구절이 마지막에 붙어 있어야 하는데 빠져 있다.

"맹영휴는 유옹을 간신히 돌려 보낸 다음 하욱에게 이런 편지를 썼다. '그가 가고 난 다음에 보니 제 몸에서는 피가 줄줄 흐르고 있었습니다.'"

맹영휴는 부스럼 딱지를 즐겨 먹는 친구 유옹에게 자기 몸의 딱지를 떼 먹히고 나서 이런 편지를 썼다.

다음으로는 예순 아홉번째 이야기인 '궤변의 힘' 중간에 들어 있어야 할 대목이다. 초나라의 궤변가 송옥은 자기가 얼마나 호색하지 않은지에 대해 왕 앞에서 이렇게 논증하고 있다.

"세상에서 초나라 사람만큼 잘생긴 사람은 없습니다. 초나라에서도 저희 동네 사람들이 잘생겼고 저희 동네에서도 제 집 동쪽 집에 사는 여자보다 예쁜 사람은 없습니다…그러나 그 여자가 저희 집 담을 넘어 와 저를 엿보았지만 지금까지 저는 거들떠 보지도 않았습니다."

　그리고는 자신의 논적인 등도자야말로 못생긴 아내와 금슬이 좋기 때문에 오히려 진짜 호색한이라고 우겼다. 덕분에 등도자는 호색한의 대명사가 되어 버렸다고 한다.

　하필이면 이 두 이야기는 다른 사람들의 성벽이나 궤변에 의해 상대방이 얼마나 큰 고통을 당할 수 있고 또 오명을 뒤집어 쓸 수 있는가를 잘 보여주고 있는 것이어서 되새겨 볼 만하다.

　이 책에 나오는 원전들은 주로 한대 초부터 삼국 시대와 위진 남북조를 거쳐 수당대까지 이어지는 시기에 나온 저작들이다. 이 가운데 가장 유명한 것은 사마천의 《사기》일 것이다. 너무도 솔직하게 황제를 비판했기 때문에 궁형을 당한 이 불행한 사람은 노여움과 슬픔을 안고 자신의 부친대부터 이어진 역사를 정리하는 일에 착수하여 《사기》라고 하는 불멸의 역사책을 남겼다.

　이 책에는 불교가 중국으로 전래한 다음 인도 불교의 전적들로부터 발췌한 이야기들이 상당히 많이 실려 있다.

　405년 인도 승려 구마라습(鳩摩羅什)이 중국에 와서 번역한 《잡비유경》은 모든 경과 율에 나오는 인연의 비유 39가지를 실은 것이다.

《백유경》은 492년 제나라의 구나비지가 번역한 것으로 《백비경》, 《백구비유집경》, 《백구비유경》이라고도 불린다. 이 책은 승가사라가 중생을 교화하고 불교를 이해시킬 목적으로 경장 가운데서 비유 98 종을 뽑아 모은 경전이다.

《출요경》은 《출요론》이라고도 하는데 인도의 달마다라가 지은 것으로 399년 후진의 축불념과 발징에 의해 번역되었다. 출요가 비유라는 뜻이니까 불교의 중요한 뜻을 비유로 설명한 것으로 이해하면 될 것이다.

이제 일이 거의 끝나가는데 그만그만한 성격의 책에 늘 다른 옮긴이 말을 써야 한다는 것도 여간 고역이 아니다. 게다가 실수로 지나쳐 버린 잘못된 번역이나 글자를 뒤늦게 발견하고, 소중히 여겨 잘 써야 할 우리말을 이렇게까지 혹사시키고 일그러뜨리는 일에 한몫 거들고 있다는 것을 느낄 때면 마음이 무겁기만 하다.

1994년 5월
옮긴이 신하령, 김태완

깃발인가 바람인가 마음인가

 철학 우화의 발전

중국의 고대 문화 예술이라는 창고에 들어가 보면 여기저기서 영롱하게 빛나는 진귀한 보물을 만나게 된다. 그것은 바로 역대의 풍부한 철학 우화들이다.

심오한 이치와 귀중한 삶의 체험을 담고 있는 우화는 그 사상과 예술성을 통해 인간의 지혜를 계발시키는가 하면 추악한 면을 사정없이 들추어 내기도 한다. 그것들은 오랜 세월을 두고 널리 유포되어 정치와 사회 전반에 영향을 미쳤다. 이제 세월이 흘러 우화를 만든 사람들이나 또 당시의 사회 조건과 생산력의 수준에 의해 결정된 정치·철학 사상은 잊혀졌지만, 철학 우화는 여전히 뚜렷한 빛을 발하며 강한 생명력을 갖고 각 시대마다 인류 공동의 재산이 되고 있다.

철학 우화는 철학과 문학을 하나로 녹여 논리적 사유와 형상적 사유의 완전한 결합을 이루어 냈다.

철학은 논리적 사유로서 개념, 판단, 추리와 여러 가지 범주를 빌려 객관적 현실 세계를 깊이있게(때로는 왜곡하기도 하지만) 반영한다. 철학은 이론 형태로 표현된 것으로 심오한 진리를 담고 있어서 쉽게 이해하거나 파악하기 어렵다. 그러나 문학은 형상적 사유를 위주로 한다. 형상적 사유란 현실 생활을 깊이 관찰하고 체험하고 분석하고 연구한 작자가 강렬한 감정과 분명한 태도를 가지고 취할 것과 버릴 것을 고른 뒤 여러 가지 구체적인 감성적 재료에 그것들을 담아내는 것이다. 곧 그는 상상과 연상, 그리고 환상을 통해 핵심을 개괄하고 또 풍부한 의미를 갖는 예술적 형상을 빚어 내어 자기의 사상적 관점을 표현한다. 우아하고 빼어난 문학 작품, 예를 들어 시가, 소설, 희곡 따위는 누구에게나 환영받고 쉽게 이해되지만, 추상적이고 공허하며 내용이 없는 무미 건조한 설교식 문장은 싫증을 일으킬 뿐이다. 이러한 일반적인 심리는 구체에서 추상으로, 감성에서 이성으로 상승하는 인식 과정의 객관적 규율과 완전히 일치한다. 심오한 내용을 쉽게 표현하며 짤막하면서도 의미 있고 활기찬 문학 체제인 철학 우화는 바로 이러한 규칙에 잘 들어맞는 것으로 사회 일반의 요청에도 잘 부응하고 있다.

1

철학 우화는 꽤 오랜 역사를 지니고 있다. 우화란 고급의 비유 형태로서 그 발전 과정에서 신화와 전설, 민요, 속담 등에서 커다란 영향을 받은 탓에 서로 연원 관계를 이루고 있다.

신화와 전설은 철학 우화에 낭만적 색채를 강하게 불어넣는다. 아주 옛날 문자가 있기 이전 씨족 사회 시대부터 민간에는 이미 신화와 전설이 전해져 왔다. 생산력이 낮고 과학 지식이 극히 부족한 상황에서 그들은 대담한 상상력으로 감동적이고 아름다운 이야기를 많이 만들어 냈다. 그들은 거기에 자연계에 맞서 완강하게 버티는 굳센 기백과, 어려움을 극복하는 꿋꿋하고 강인한 분투 정신, 이상 사회에 대한 열렬한 추구를 표현해 냈다. 이를테면 '우임금의 치수'(大禹治水), '하늘을 기운 여와'(女媧補天), '바다를 메운 정위'(精衛塡海), '해를 쏜 후예'(后羿射日)와 '형천의 도끼춤'(刑天舞戚)과 같은 신화와 전설에 나타난 낭만주의적 정신과 동식물의 의인화나 과장의 수법은 모두 철학 우화의 생성과 발전에 창작의 방법, 표현의 기교, 또 내용과 소재를 넉넉히 제공하였다. 어떤 철학 우화는 직접 신화나 전설을 토대로 발전하였다. 예를 들어 《장자》의 첫편 〈소요유〉(逍遙遊)에서 곤(鯤)이 붕(鵬)으로 변화하여 날아오르는 이야기는 태고의 신화에 근거하고 있다. 그가 그려 낸 "바람을 호흡하고 이슬을 마시며 구름을 타고 용을 부리는" 막고야 신인(藐姑射 神人), 그 덕성 때문에 흉한 용모를 잊어버리게 한 괴인 지리소(支離疏), 그리고 숙산무지(叔山無趾), 애태타(哀駘它) 등은 모두 작자 자신이 신화의 과장법으로 빚어 낸 이상적인 인물들이다. 그 밖에 '어부의 이익'(鷸蚌相爭), '이 세 마리가 살찐 부분을 먹으려고 다투다'(三蝨爭肥), '원추와 썩은 쥐'(鵷鶵與腐鼠), '진흙 인형과 나무 인형'(土偶與桃梗), '신으로 가장하다'(冒牌神君) 등에 나오는 의인법도 신화나 전설에서 유래한 것이 분명하다.

이와 같이 먼 옛날의 신화 전설과 낭만주의라는 윤택한 토양 위에서 자라난 철학 우화는 차츰차츰 싱싱한 초록빛 이파리를 키워 나갔다.

철학 우화에 나타나는 뿌리 깊은 현실성은 민요와 속담에서 발전된 것이다. 최초의 민요와 속담은 노동하는 가운데서 생겨났다. 《여씨춘추》(呂氏春秋)의 〈음사〉(淫辭)에는 "이제 굵은 나무를 든다. 앞에서 소리를 매기니 뒤에서 따라한다"고 하였는데, "영차, 영차" 하는 작업 소리에서 싹튼 민요는 사람들이 자연계에서 겪는 어려움과 분투와 희노애락을 반영하고 있다.

중국 최초의 시가집인 《시경》(詩經)은 민간에서 수집된 수많은 가요를 수록하고 있는데 그 중에서 〈국풍〉(國風)은 그런 가요를 위주로 한 것이다. 이러한 민간 시가와 《좌전》(左傳), 《국어》(國語) 등에 수록된 속담에서 우리는 당시 사회의 모습을 분명하게 볼 수 있다.

사람들은 생명을 하찮게 여기는 지배 계층의 혹심한 강제 노역과 수탈을 겪으며 이런 불합리한 현상에 비분 강개하여 이렇게 규탄하였다.

씨도 뿌리지 않고 거두지도 않았는데
어째서 벼가 삼백 단이나 될까.
몰이도 안 하고 사냥도 하지 않았는데
어째서 뜨락에는 담비 가죽이 걸려 있을까.
올바른 사내라면 일하지 않고는 먹지 않을 텐데.
《國風》, 魏風, 伐檀)

비인간적인 생활을 더 이상 견디지 못할 지경에 이르자 도저히 억제할 수 없는 분노가 폭발했다.

> 사슴이 죽을 때는 그늘이니 뭐니 가리지 않는 법이다.
> 위험하고 급한데 무엇을 가리겠는가.
> (《左專》, 文公, 17년)

> 저 해가 언제 없어지려나.
> 너와 내가 함께 망했으면.
> (《書經》, 湯書)

항쟁을 통해 그들의 의식은 단결된 힘으로 나타났다. 그들은 씩씩하게 외쳤다.

> 뭇 사람의 마음은 성을 만들고
> 여러 사람의 입은 쇠도 녹인다.
> (《國語》, 周語下)

배고픔과 추위가 번갈아 닥치는 곤경중에도 그들은 여전히 억압도 착취도 없는 아름다운 사회를 꿈꾸었다.

> 큰 쥐야, 큰 쥐야, 우리 기장 먹지 마라.
> 삼 년을 길렀어도 봐주지를 않니.
> 이젠 너를 떠나련다, 저 낙원으로.
> 낙원이여! 아 낙원이여! 거기서 살리.
> (〈國風〉, 魏風, 碩鼠)

이 민요와 속담은 현실을 그대로 반영하면서 사회의 부패를 꼬집어 내고 있다. 이러한 현실주의 정신은 철학 우화의 형성과 발전에 깊은 영향을 주었다. 선진 제자(先秦諸子)는 물론 양한(兩漢) 이후의 우화

창작자도 현실에 대한 비판과 풍자를 최고의 주제로 삼았다. 봉건 사회가 지닌 모든 불합리한 착취와 추악한 억압은 역사의 조류와 객관적 법칙을 어기는 어리석은 행위로서 철학 우화에 즉시 반영되었다. 작자들은 시대와 사회의 문제를 잘 포착하고 끄집어 내어 우화로 꾸밈으로써 현실에 투쟁하는 날카로운 무기로 삼으려 했다. 유협(劉勰)은 《문심조룡》(文心雕龍)에서 "옛날의 풍자와 은유는 위협을 덜고 고달픔을 해소하는 것으로서 비록 좋은 재료가 있다고 하더라도 나쁜 것을 버리지 않는다. 거기에는 깊은 의미가 담겨 있으며, 시의 적절하여 자못 풍자적이다. 우스갯소리는 번드르르한 말을 막아 버린다."깊은 의미가 담겨 있으며 시의 적절하다는 평은 철학 우화의 정치 사회적 위치와 현실적 가치를 긍정하는 것이다. '호랑이보다 무서운 정치'(苛政猛於虎), '사당의 쥐'(社廟之鼠), '치질을 핥아 주고 수레를 얻다'(舐痔得車), '도학 군자'(道學君子), '자라에게 재앙을 떠넘기다'(嫁禍於黿) 등의 이야기에서 당시 사회와 정치의 실상을 살펴볼 수 있다. 객관적인 법칙과 역사의 조류를 어기는 추악하고 부패한 현상은 어느 시대나 모두 본질적으로 공통점을 갖고 있다. 그러나 현실주의의 생명력은 본질적으로 이러한 법칙을 드러내는 데 있다. 우화의 역사가 오래되면 될수록 생명력이 더욱 새로워지는 것은 바로 그 현실주의 정신 때문이다.

2

낭만주의와 현실주의의 통일은 비유의 방법을 통해서도 실현된다.

철학 우화는 일반적인 비유를 기초로 하여 간단한 것에서 풍부한 것으로, 평범한 이치에서 심오한 이치로, 엉성한 줄거리에서 완벽한 이야기로 발전해 갔다.

비유의 출현은 상고 시대로 거슬러 올라간다. 기원전 14세기 〈은허서계〉(殷墟書契)의 갑골문으로 된 복사(卜辭)에서 비유의 싹이라 할 수 있는, 상상을 불러일으키는 운치 있는 문자를 볼 수 있다. 그리고 고대의 대표적인 서술문과 논설문을 모아 놓은 《상서》(尚書)에도 형상적 비유가 뚜렷이 나타난다. 반경(盤庚)이 은(殷)으로 도읍을 옮길 때 신하와 백성들에게 "너른 들에 타오르는 불길은 가까이 할 수조차 없는데 하물며 어찌 없앨 수 있겠는가"라 한 말은 뻗어 가는 대세를 거스를 수 없다는 뜻이다. 불기운을 빌려 매우 적절하고 생생하게 비유하고 있다. 이 말은 나중에 "작은 불씨가 들판을 태운다"(星火燎原)는 말의 유래가 되었다. "흥취를 일으키고, 견문을 넓혀 주고, 사람들과 어울리게 하고, 감정을 나타낼 수 있는" '시' 3백편은 교묘한 비유를 끝없이 계속 들고 있어서 읽을 때마다 신선하고 깊은 의미를 느끼게 한다. 그 가운데 〈빈풍〉(豳風), 〈치효〉(鴟鴞)편은 처음으로 새의 입을 빌려 노래한 우언시이다.

《시경》 이전에 은과 주의 교체기에 이루어진, "복희(伏羲)가 괘를 그리고 문왕이 해석한" 《주역》이라는 책을 언급할 필요가 있다. 그 내용은 물론 미신적인 점괘이다. 그러나 '음양의 어울림'을 강조하여 자연과 사회의 변화를 예측하고 자연 현상을 살피며 문물을 제작하고 길흉을 상징하는 데 종종 구체적 사물을 들어 비유한다. 그 가운데 어떤 괘효사, 예컨대 '울타리를 들이받은 숫양(羝羊觸藩)', '우물 막힌 데 두레박 탓(窒井碎瓶)' 등은 인물, 상황, 주제가 잘 어우러진 것으로 간결하고 세련된 표현과 깊은 이치를 담고 있어 철학 우화의 근원이라 하여도 지나치지 않다. 중국의 철학 우화가 형태를 갖춘 시기는 기원전 6세기에 나타난 고대 그리스의 이솝 우화보다 5백여 년이나 앞선 3천여 년 전이다.

풍부한 비유의 원천은 민간에 있다. 옛사람들이 노예주 귀족의 채찍 아래서 살아갈 때는 싫다는 소리를 함부로 뱉을 수 없었다. 그들은 교묘한 비유를 통해서 완곡하고 절실하게 그리고 신랄하고 날카롭게 마음속 깊이 감추어 둔 억울함과 분노를 표현하였다. 눈에 보이는 모든 사물, 예를 들자면 큰 쥐, 꾀꼬리, 불여우, 까마귀가 모두 통치자의 추악함을 폭로하는 데 쓰였다. 그리고 노랑어리 연꽃, 붉은 붓(고대 궁중에서 왕의 명령이나 왕후, 비빈들에 관한 일을 기록할 때 사용하던 붓―옮긴이 주), 복비(宓妃, 복희씨의 딸. 낙수에 빠져 죽어 낙수의 신이 되었다―옮긴이 주), 이름 없는 미인들은 순박하고 진솔하며 건강한 생활 정취와 밝고 열렬한 동경을 드러내는 것들이다. 저항하는 가운데 그들의 상상력도 더욱 풍부해졌다.

이 모든 것들 덕분에 철학 우화가 대량으로 만들어지기 시작했으며, 철학 우화의 창작과 표현 기교, 사상 기초가 튼튼하게 다져졌다. 정확하게 표현할 수 없는 사상과 진리를 비유로 승화시킴으로써 더욱 분명하고 원만하게 정치 철학적 이론을 밝힐 수 있었다. 그리고 이 수요를 채워 주는 철학 우화는 적당한 시대와 사회 조건에서 우후죽순처럼 성장하여 갔다.

질풍노도와 같은 춘추 전국 시대가 되자 사회 경제적 발전이 활기를 띠면서 노예제에서 봉건제로 넘어가는 역사 변화의 과도기에 접어들었다. 이와 함께 철학, 법학, 과학, 문학, 예술 등의 자유로운 연구가 역사상 그 유례를 찾기 힘들 정도로 활발해져 이른바 '백가쟁명'(百家爭鳴)의 국면이 나타났다. 서로 다른 계급의 이익을 대변하는 여러 학파는 점차 상대방을 논파하고 대중을 끌어들이는 효과적인 방법으로 정치 철학적 사상을 담은 우화를 사용하려는 경향을 드러냈다. 한때 각국의 제후들이 사인(士人)을 양성하던 풍습은 사(士) 계층의 흥기를 자극하여 이러한 경향을 크게 뒷받침해 주었다. 사인들은 대부분, 변설로 출세하여 부귀를 구하기 위해서는 "감정은 신뢰가 있고 말은 교묘히"(《禮記》, 〈表記〉) 해야 한다고 생각하였으므로 언어 연구에 심혈을 기울였다. '장의(張儀)의 혀' 이야기는 이런 사실을 잘 설명한다. 당시는 정치적으로 분열된 상태여서 정통적인 사상이나 전통 예술 형식에 얽매이지 않았으므로 대담하게 말할 수 있었고 뒤를 염려할 필요도 없었다. 정치적 수요에 따르기 위해 통속적이고 광범위하게 자기의 사상을 주장하였고, 한 걸음 더 나아가 민간에서 수집한 비유를 바탕으로 우화를 대량으로 창작했다. 이런 것이 당시 백가쟁명의 기풍이었다.

이런 기풍을 집중적으로 반영하는 것으로 우선 들 수 있는 것은 《장자》이다. 이 책은 고대의 유명한 철학서이면서 문학서이다. 《장자》, 〈우언〉(寓言)편에는 전체 책 가운데 "우언이 십분의 구"라고 하는 표현이 있는데, 우언이라는 말은 여기서 비롯된다. 작자는 넓고 깊고 호방한 글과 문장, 화려하고 기이한 상상, 그리고 생동감과 해학이 넘치는 필치로 심오한 철학적 진리를 드러내고 있는데, 거기에는 논의와 비유가 뒤섞여 있고 내용과 꾸밈이 한데 어우러져 있다. 글과 행간에 가득 찬 삶의 빛나는 숨결은 깊은 현실감과 강렬한 예술적 감동을 준다. 그 밖에 《열자》(列子)(이것도 진(晉)나라 사람의 작품인 듯하다), 《안자춘추》(晏子春秋), 《한비자》(韓非子), 《여씨춘추》(呂氏春秋), 《전국책》(戰國策) 등도 이와 같은 풍격(風格)과 특색을 가지고 있다.

3

전국 시대는 우화의 황금 시대이다. 그 풍부함과 생동감은 선진 시대 산문의 커다란 특징을 이룬다. 그러나 전국 시대 이후로 우화는 아주 빠르게 쇠퇴한다. 양한 시대에는 한영(韓嬰)의 《한시외전》(韓詩外傳), 유향(劉向)의 《설원》(說苑)과 《신서》(新序), 유안(劉安)의 《회남자》(淮南子) 등이 우화를 이어가지만 독창성은 부족하다. 위진 남북조 시대에는 수필 문학과 지괴 소설(志怪小說)이 발전하기 시작했다. 한단순(邯鄲淳)의 《소림》(笑林), 유의경(劉義慶)의 《세설신어》(世說新語) 등에 나오는 몇몇 우화와, 불교의 융성에 따라 불경 번역에 인용된 외래의 우화를 제외하면 중국인이 창작한 것은 그렇게 많지 않다. 그리고 당, 송 양대도 시(詩), 사(詞)와 산문의 전성기여서 우화가 그다지 창작되지 않았다. 원, 명, 청 3대는 희곡과 소설이 성행하여 시정의 우스개 이야기가 조금씩 묻어 나올 정도였다. 그 가운데 철학적 내용을 담은 우화도 더러 있었지만 순수한 창작 우화는 거의 드물었다.

이러한 현상은 선진 이후 생산력이 발전하고 사회 생활이 복잡해지

18

면서 문학 체제가 발전한 것과 밀접한 관련이 있으며, 역대 제왕들이 우화를 금하고 특히 언론을 탄압한 것과 큰 관련이 있다. 우화는 대부분 정치 풍자로서 훈계의 대상으로는 어리석은 농부에서 만인지상의 제왕에 이르기까지 차별이 없다. 그 주제도 작은 것으로 큰 것을, 먼 것으로 가까운 것을, 옛날 것으로 오늘날의 것을, 이것으로 저것을 비유하는 것이다. 통치자의 입장에서는 자기들을 빈정거리며 비방하는, 이롭지 못한 우화를 결코 용납할 수가 없었다. 고대 그리스의 노예 출신인 이솝은 우화로 권력자들을 풍자하다 끝내는 죽임을 당하였다. 중국에서 역대로 글로 비위를 거슬려 참변을 당한 사람이 잇달아 있었던 것도 다 그 때문이다. 그러나 사람들은 결국은 분노를 표출하는 방법을 찾아내고야 만다.

　원, 명, 청 3대에는 엄밀한 혹은 순수한 철학적 우화는 그리 많지 않지만 다른 문학 양식에 섞여 들어가 은유와 우스개로 풍자하는 것은 더러 있다. 명초 유기(劉基)의 《욱리자》(郁離子), 명대의 강영과(江盈科)의 《설도소설》(雪濤小說), 청대의 유희주인(遊戲主人)의 《소림광기》(笑林廣記) 등에 수록된 것들은 풍부한 이치를 담고 있어서 깊이 반성하게 만드는 철학 우화의 말류(末流)라고 할 수 있다.

　철학 우화 발전의 원류를 볼 때 중국과 외국간의 문화 교류와 영향을 무시할 수 없다. 《이솝 우화》에 나오는 '농부가 싸리 가지를 꺾은 이야기'나 '박쥐'의 이야기는 남북조의 《위서》(魏書)에 '왕이 화살을 꺾은 이야기'와 명대에 편집된 '교활한 박쥐' 이야기와 판에 박은 듯이 닮았다. 특히 위진 이후에는 불교 경전이 중국에서 대량으로 번역되었다. 서진의 축법호(竺法護)가 번역한 《생경》(生經)의 제3권, 〈불설국왕오인경〉(佛說國王五人經) 가운데 '꼭두각시 놀음' 이야기는 다음과 같다. 어떤 기술자가 만든 '나무로 된 기계 인간'이 있는데 "일도 하고 춤도 추고 노래도 부르고 영리하고 교활하기가 비길 데가 없었다." 그런데 나중에 이 나무 인간이 왕비를 넘보았다. 왕은 노하여 기술자를 거의 죽도록 만들었다. 이 이야기의 상황은 《열자》, 〈탕문〉편의 '목공예가가 만든 인형'과 대체로 비슷하다. 《열자》의 성립 연대와 법호의 역경 연대가 비슷하며 두 나라 사이가 가까워서 누가 누구에게 영향을 주었는지는 알 수 없지만 중국과 인도의 고대 문화가 상호 전래하는 모습을 볼 수 있다. 그 밖에 남북조의 구마라집(鳩摩羅什)이 번역한 《잡비유경》(雜譬喩經)과 구나비지(求那毘地)가 번역한 《백유경》(百喩經)도 거의 우화이다. 루쉰(魯迅)은 일찍이 인도 불경 번역 문학이 중국 문학, 특히 우화에 미친 영향에 주의한 바 있다. 그는 젊은 시절 《백유경》을 출간했는데 《치화만》(癡華鬘, 《백유경》의 본명)의 머리말에서 "일찍이 인도에는 큰 숲이나 깊은 샘처럼 우화가 풍부하여 그 나라의 문화 예술이 우화의 영향을 많이 받고 있다는 말을 들었는데 중국어로 번역된 불경에서도 그것을 볼 수 있다"고 하였다. 특히 신깡의 극자이(克孜爾) 석굴, 뚠황의 막고굴(莫高窟), 쓰촨의 대족 보정(大足寶頂) 등의 석굴의 조소나 부조, 벽화의 변천 양식과 불경 내용의 표현 등은 우화의 영향을 더욱 확대시켰다. 그 중에 '호랑이에게 몸을 던지다'(投身飼虎), '시비왕이 비둘기의 목숨을 구한 인연'(尸毘王救鴿命緣起), '항아리 속의 사람'(壺中人), '씨름'(相撲) 등은 모두 기묘한 구상과 정밀한 언어 예술로 중국 우화를 충실하고 풍부하게 만들었다. 역대로 한국과 일본, 동남 아시아 국가들이 중국에서 불경을 수입하고 인도가 자기들이 잃어버린 경전을 중국에서 재역해 간 것은 중국과 서방의 우화 교류와 창작에 유리한 조건이 되었다. 그 가운데 '장님 코끼리 만지기'(盲人摸象), '우물 속의 달 건지기'(井中撈月), '군마가 연자매를 돌리다'(戰馬拉磨) 등의 우화는 중국과 외국 사람들에게 많이 알려져 있다. 이런 점에서 우리가 가진 재료는 매우 한정되어 있지만 문학사를 연구하는 사람들이 자세히 찾아본다면 그것도 큰 의의가 있을 것이다.

4

　여기서 한 가지 의문이 생긴다. 철학 우화라는 이 오래된 문학 양식은 오랜 세월을 두고도 쇠퇴하지 않았다. 언론 탄압이 혹심한 시기에도 은유와 비유로 포폄(褒貶)하는가 하면, 심지어 어떤 우화들은 오랜 세월을 흘러 오는 동안 국가와 종족의 한계를 넘어 논거적·경전적 결론을 내리는 것으로 여겨지기도 하였다. 우화가 지닌 이러한 강인한 생명력, 광범한 대중성은 어디에서 나왔을까? 이에 대해서는 아래에서 역사상 대립되는 양대 철학의 우화에 나타나는 정치적 경향과 사회적 의의를 개괄하고 그 예술적 성취 및 문학과 언어의 발전에 미친 영향을 통해 살펴보기로 한다.

어떤 철학 우화든지 모두 현실로부터 나온 것이기는 하지만, 그와 동시에 거꾸로 현실, 특히 정치에 봉사하는 것이기도 하다. 이것은 철학 자체의 성질에 기인한다. 선진 시대가 철학 우화의 절정기였다는 사실이 이 점을 분명히 설명하고 있다. 격심한 사회 변동과 격렬한 정치 투쟁은 이러한 문학 양식을 잉태하고 양육하는 데 비옥한 토양이 되었다. 우화가 이 시기에 실제로 정치적·철학적 무기로 쓰였던 반면 신화와 전설, 민요와 속담 그리고 비유 등은 아직 문학의 유아기적 단계였으므로 함께 논할 수 없다. 우화는 실제로 고대의 고발 문학의 시초이다.

몇 가지 예를 들어 이와 같은 상황을 분석해 보자.

전국 중기의 사상가 맹자는 후세에 '아성'(亞聖)으로 불렸다. 그는 신흥 지주 계급의 입장에서 공자의 인(仁) 사상을 계승 발전시켰다. 그는 "백성이 귀하고 군주는 귀하지 않다"고 주장하였다. '인정'(仁政)을 베풀며 "형벌을 줄이고 세금 부과를 가볍게" 하여야 백성들이 편안히 생업에 종사할 수 있다고 주장하면서, 당시 통치자의 포악한 통치를 준엄하게 폭로하고 비판하였다. 《맹자》, 〈등문공하〉(滕文公下)에 나오는 대영지(戴盈之)는 송나라의 통치 계급의 한 사람으로서 터무니없이 무거운 세금을 징수하여 백성들로부터 비난을 받았다. 그러나 그는 '관문과 시장의 세금'(상인들이 내는 세금)을 폐지한다거나 '십분의 일 세'를 실행하려 들기는커녕 오히려 뻔뻔스럽게 "올해는 완전히 없앨 수 없고 좀 가볍게 했다가 내년에 완전히 없애는 것이 어떻겠습니까?” 하고 되물었다. 맹자는 곧 ‘닭 도둑’(偸鷄賊)의 우화를 들어 해학적이면서도 날카롭게 그를 비판한다. 그는 통치자가 백성들을 상대로 하는 일이란 원래 닭 도둑과 다를 바 없는 것임을 들추어 낸 것이다.

당시는 여러 나라가 봉건 사회로 들어가던 때여서 제도는 새로운 것이었지만, 노예주에서 봉건 지주가 된 이들이 채택한 것은 대부분 “상자를 열고 주머니를 뒤지는”(肤篋探囊) 수단에 지나지 않았다. 그들의 사치는 여전히 극에 달해 있었기 때문에 백성들이 잔혹하게 수탈을 당하기는 매일반이었다. 민간에서는 예나 다름없이 “사형을 당한 시체가 서로 베고 누워 있고, 죽임을 당한 사람들이 서로 얼굴을 마주하고 있는” 참경을 겪었다. 이런 사정을 깊이 통찰한 장자와 맹자는 정치 철학적으로는 비록 소극적이고 비관적인 요소를 지니고 있기는 하지만 어두운 현실에 대해 격정적으로 비판했다. ‘차라리 진흙밭에 뒹굴지’(泥塗曳尾), ‘치질을 핥아 주고 수레를 얻다’(舐痔得車) 등의 이야기는 권세를 하찮게 여겨 차라리 누추한 곳에 살지언정 권력자들과 한데 어울려 더러워지지 않으려는 정신적인 경지를 나타내고 있다.

어느 시대나 충고를 받아들이고 인재를 등용하며 법으로 다스리는 것이 깨끗한 정치와 현명한 군주를 판단하는 표준이 된다. 대체로 역사상 업적을 쌓은 군주는 모두 “사람들이 침묵하는 것을 두려워하여 간언하게 하는” 귀중한 품격을 갖추었다. 그러나 충고를 받아들이고 간언을 듣는다 해도 결국은 자신의 계급적 속성에 국한되어 자신의 근본 이익을 포기할 수는 없었다. 역사상 가장 개명한 군주, 예를 들어 당 태종 같은 사람도 예외는 아니었다. ‘누가 아첨꾼인가’(誰是佞人), ‘법림의 염불’(法琳念觀音)에서 그 일면을 엿볼 수 있다.

통치자는 백성들을 기만하고 책임을 벗어나기 위해 국가가 흥망 성쇠하는 원인을 자연 현상이나 동식물과 같은 외부의 사물에 돌린다. ‘나라에 상서롭지 못한 세 가지’(國有三不祥) 이야기에 보면 제(齊)나라 경공이 사냥을 나갔다가 산 위에서 호랑이를 만나고 골짜기에서 뱀을 만난 이야기가 나온다. 그것들에 놀란 경공은 나라에 상서롭지 못한 일이 일어날 징조로 여긴다. 그러나 안영은 산과 골짜기는 원래 호랑이나 뱀이 사는 곳이라고 잘라 말한다. 그는 나라에 상서롭지 못한 세 가지 징조란 외부의 사물에 있는 것이 아니라고 말한다. "현명한 인재가 있어도 알지 못하고, 알아도 등용하지 못하고, 등용해도 신임하지 못하는 것"이 곧 세 가지 상서롭지 못한 징조라는 것이다. 이렇게 안영은 나라가 흥망성쇠하는 원인이 내부에 있다고 하여 결국 인재 등용의 문제로 귀결시켰다. 이것은 매우 현실적인 의의가 있다. 현명한 사람을 등용하는 것과 친한 사람을 등용하는 것은 옛날부터 날카롭게 대립되는 두 가지 방법이다. "오동나무에 참새가 둥지 틀고 탱자나무와 가시나무에 원앙과 난새가 사는" 불합리한 현상을 참을 수 없어 사람들은 자기의 재주를 발휘할 수 있도록 사람을 쓰는 정치를 바라는 정서는 우화에 매우 강렬하게 표현되어 있다. '사람을 천거할 때는 원수든 아들이든 가리지 않는다'(擧人不避親仇), '백락이 말의 상을 보다'(伯樂相馬), '주머니 속의 송곳'(毛遂自薦), '물고기가 물을 만난 듯'(如魚得水) 등 오래도록 칭찬을 받는 이야기도 있고, '천리마가 소금 수레를 끌다'(千里馬拉鹽車), '편작이 돌침을 내던지다'(扁鵲投石), '추악한 것을 좋아하는 사람'(愛好醜惡的人), '지도 위에서 전술을 논하다'(紙上談兵) 등 따끔한 충고를 주는 이야기도 있다.

　법치(法治)냐 인치(人治)냐 하는 오랫동안 대립되어 온 두 가지 정치적 주장은 우화에 뚜렷이 반영된다. 포증(包拯), 해서(海瑞), 황종(況鐘) 등 권세에 아부하지 않고 태산처럼 굳게 법을 지킨 깨끗한 관리는 줄곧 아름다운 이야기로 전해진다. 우화 가운데도 '복돈이 아들을 참하다'(腹黃斬子), '신자가 죄를 청하다'(申子請罪), '사사로운 은혜와 공평한 법'(私恩與公法) 등을 찾아볼 수 있다. '이리가 자결하다'(李離伏劍)의 의미도 마찬가지이다. 이리는 춘추 시대 진(晉)나라의 전옥(典獄)을 관장한 장관이었다. 그는 언젠가 판결을 잘못 내려 억울하게 사형을 시킨 일이 있었음을 나중에 알게 되었다. 그는 곧 문공에게 자기를 사형에 처해 달라고 요구하였다. 그러나 문공은 끝끝내 승낙하지 않았다. 이리는 "명령은 받지 않았다 해도 칼을 품고 죽겠습니다"
하였다. 문공은 춘추 오패(五霸) 중에서도 진보적인 군주의 한 사람이
었다. 그런 그도 형벌의 경중이 관직의 고하에 따라 정해진다, 다시
말해 관직이 높을수록 법률의 구속을 받지 않는다고 생각했다. 이리
는 이것을 받아들이지 않았다. 그가 훌륭한 점은 다음과 같다. 첫째,
그는 자신의 생명을 바쳐 "왕자가 법을 어기는 것과 서민이 죄를 짓
는 것은 같다"는 법률의 엄숙성을 실현한 것이다. 둘째, 그가 가졌던
큰 권력과 혜택을 아랫사람들에게 나누어 주지 않았으므로 잘못과 죄
가 있다 해도 조금도 아랫사람에게 미룰 이유가 없다고 생각하였다.
이 두 가지는 지금까지도 교육적 의의를 잃지 않고 있다. 착취 계급
이 통치하는 사회에서 진정으로 "법 앞에서 만인이 평등하다"는 것은
있을 수 없다.
　왜 이렇게 많은 중국의 철학 우화들이 간언(諫言)을 받아들이고 인
재를 등용하며 법으로 다스린다는 사회 정치적 내용을 담고 있는가?
이런 점은 확실히 외국의 우화에는 그리 많지 않다. 실제로 이것은
중국 봉건 관료 정치의 특징을 반영한다. 권세를 빙자하여 나쁜 짓을
거리낌없이 자행하는 관료주의의 통치를 오랫동안 받아 오면서 민중
은 최소한의 정치적 권리마저 박탈당했다. 그들은 어지럽고 어두운
세상에서 탄식하며 민주와 광명을 갈망했다. 그러나 그들은 자신들의
힘을 의식하지 못한 채 현명한 군주의 출현에만 희망을 걸었다. 그래
서 우화에도 권유와 풍자, 소망의 내용이 많았다. 이런 것들이 철학
우화의 빛나는 생명력을 연마해 준 것들이다.
　철학 우화의 정치 사회적 의의를 검토할 때에는 반드시 시대에 따
른 변화에 주의해야 한다. 우화의 정치적 함의는 끊임없이 변화한다.
예를 들어 '신으로 가장하다'(冒牌神君)라는 우화에서 한비자가 그려
낸 큰 뱀과 작은 뱀은 새로운 상황에서 생존하기 위해 작은 것이 큰
것을 따른다는 낡은 규정을 깨뜨렸을 뿐만 아니라 또한 작은 뱀은 큰
뱀 위에 올라타기조차 한다. 이것은 당시 노예제에 대한 대담한 도전
과 시위, 그리고 '군신과 부자 사이'의 낡은 관념을 멸시하고 용감한

혁신과 분투를 부르짖는 법가인 한비자의 정신을 표현하고 있다. 그러나 이 '신으로 가장하다'라는 우화는 후세에는 거짓을 잘 꿰뚫어보고 본질을 명확하게 파악하며 야심 많고 음험한 사람들의 기만 행위를 폭로하는 데 사용된다. 이것은 아마 한비자가 처음 예상했던 것이었을 것이다. '참새가 어찌 대붕의 뜻을 알랴'(斥鷃笑鵬), '가죽이 부른 재앙'(皮爲之災), '단단한 이는 없어도 부드러운 혀는 남아 있다'(齒亡舌存) 등은 사용하는 의미도 작자의 의도도 모두 바뀌어 다른 뜻으로 쓰이기도 하고, 의미가 발전하기도 하며, 반대되는 의미로 쓰이기도 한다. 이러한 현상은 우화 자체의 철학적 내용과 함께 상대적인 독립성, 그리고 정치적 동요에 영향을 받지 않은 점과 관계가 있다.

5

다시 한 번 철학 우화가 철학의 두 조류 가운데서 어떻게 작용을 해왔는지 살펴보자.

지금까지 철학은 유물주의와 유심주의, 변증법과 형이상학의 투쟁으로 일관되어 왔다. 그러나 유물주의와 변증법이 진정으로 유기적인 결합을 하기까지는 시종 험난한 과정을 겪었다. 유심주의 철학 체계 내에서도 소박하나마 변증법적이고 합리적인 요소가 상당히 보인다. 동시에 철학의 두 노선의 투쟁도 "샘물이 강물을 침범할 수 없듯" 완전히 구분되는 것이 아니다. 이들은 서로 끊임없이 영향을 주고받으면서 넘나들었다. 유물주의가 투쟁 가운데서 발전했다면, 유심주의도 그랬으리라는 것이다. 이 두 가지 상황에 근거하여 철학 우화를 살펴볼 때 다음의 몇 가지에 주의할 필요가 있다.

첫째, 철학 우화는 그 자체가 지닌 형상성, 계발성, 통속성 등 현저한 특징에 따라 오랜 세월 유물주의자와 유심주의자들이 서로 경쟁적으로 이용한 무기였다. 이것은 우화의 창작과 번창의 한 원인이 되었다. 그와 달리 몇몇 우화의 내용은 한 철학자(즉 작자)가 유물주의자인지 유심주의자인지를 추단하는 유력한 증거가 되었다. 예를 들어 선진 시대 제자 백가의 저술 가운데 《장자》와 《한비자》에는 좋은 우화가 많이 포함되어 있다. 한비자가 유물주의 철학자인 것은 말할 것도 없지만, 일반적으로 유심주의자로 알려진 장자가 지은 우화에서도 실제로 유물주의의 눈부신 섬광을 볼 수 있다. 왜냐하면 그가 풍자하고 규탄한 대상은 주로 도, 곧 객관적인 규율을 어기고 주관적인 의지에 따라 제멋대로 세상을 어지럽히는 무리이거나 허황된 말, 큰소리, 거짓말을 일삼는 후안무치한 사람들이기 때문이다. 우화에서 예를 들어 보면 다음과 같다. '노나라 왕의 새 기르기'(魯王養鳥), '상자를 열고 주머니를 뒤지며'(胠篋探囊), '시를 읊고 예를 갖추어 도굴하기'(詩禮發冢), '서시 흉내를 낸 동시'(東施效顰), '아침엔 세 개, 저녁엔 네 개'(朝三暮四), '목마른 붕어'(涸轍之魚), '용 죽이는 묘기'(殺龍妙技) 등이다. 도(道)가 어디에나 있다는 것을 논증하기 위해서는 "땅강아지와 개미에게도 있고", "가라지에도 있고", "기와 조각에도 있고", 심지어 "오줌 똥에도 있다"는 생동감 있는 비유를 든다. 고대 철학자 중에 도가 물질과 규율의 객관성을 떠날 수 없다는 것을 이처럼 치밀하게 표현한 사람은 없다. 장자를 주관 유심주의로 단언하는 사람들은 《장자》 가운데서 주관 유심주의에 가까운 몇 마디를 부풀려 말한 것이다. 그러므로 장자 철학의 성격을 가장 잘 설명할 수 있는 우화를 눈여겨 보지 않는다면 공정하다고 할 수 없다.

둘째, 유물주의와 유심주의의 상호 영향과 전화(轉化)라는 것은 늘 유물주의자가 유심주의 체계 내부에서 그 합리적 요소를 받아들여 발전의 재료로 삼은 것으로 표현된다. 예를 들어 노자의 철학은 기본적으로 유물주의이지만 객관 유심주의의 불순물이 적잖이 섞여 있다. 한비자는 노자의 유물주의 자연 천도관(天道觀)과 소박한 변증법 사상을 성공적으로 개조하고 발전시켜 자기의 유물주의 체계의 내용을 충실하게 하였다. 예를 들어 《노자》는 글의 뜻이 심오하여 마치 한 편의 장편 철학시 같지만 형상적이고 생동감 있는 서술이 부족하다. 한비자는 《노자》 가운데서 수십 개의 명제를 원용하여 나름대로 해석을 덧붙였다. 그는 또한 명확한 설명이 들어 있는 〈해로〉(解老), 〈유로〉(喩老)에서 우화를 많이 사용하였다. 〈유로〉에서 예를 들어 보면 '상아로 만든 닥나무 잎사귀'(象牙楮葉)는 "만물은 자연스러운 것에 힘입고 감히 억지로 하려 않는다"는 것을 해석한 것이다. '한 번 울면 사람을 놀라게 한다'(一鳴驚人)는 "큰 그릇은 만드는 데 오래 걸리고 큰 음은 소리가 거의 들리지 않는다"를 해석한 것이다. '병을 감추고 의사를 피한다'(諱疾忌醫)는 "어려운 일은 쉬운 데서 도모하고 큰 일은 세심한 데서 시작한다"를, '입술이 없으면 이가 시리다'(脣亡齒寒)는 "안정된 것은 유지하기 쉽고 아직 싹트지 않은 것은 도모하기 쉽다"를, '조양자가 수레몰기를 배우다'(趙襄子學御)는 "억지로 하지 않아도 이룬다"를, '상아 젓가락에 어울리는 것'(從象箸推起)은 "미세한 점에 주의하는 것을 현명이라 한다"(見小曰明)를, '자한이 옥을 받지 않다'(子罕不受玉)는 "하고자 하지 않는 것을 원하고 얻기 어려운 재화를 귀하게 여기지 않는다"를, '자하의 승리'(子夏勝肥)는 "스스로를 이김을 강하다 한다"를 해석한 것이다. 이것들은 모두 우화의 기능을 고도로 발휘한 것으로 《한비자》에서도 가장 빛나는 부분이다.

셋째, 유심주의의 껍질을 벗겨 내면 언제나 그 체계 내부에 감추어진 소박한 변증법적 요소들을 상당히 발견할 수 있다. 이들 요소는 종종 우화의 형식으로 표현된다. 특히 주의할 만한 것은 불경에 이러한 것이 가장 뚜렷이 드러난다는 점이다. 설령 이런 합리적인 요소가 불경의 폐쇄된 체계 가운데서 본말이 전도된 상태로 종교 유심주의를 위해 봉사했다 하더라도, 겹겹이 쌓인 진흙이 결코 맑고 아름다운 참모습을 끝내 가릴 수는 없다.

참으로 이상한 것은 종교적 미신과 변증법은 마치 물과 불처럼 서로 받아들이지 못할 것이 분명한데도, 영원한 적정 열반(寂靜涅槃)이라는 불교의 정신적 경지에 어떻게 변증법적 요소가 있을 수 있는가 하는 점이다. 불교의 최종 목적은 절대 정지의 적멸(寂滅)의 이상 세계를 널리 알리는 데 있다. 그러나 세계는 분명히 변화한다. 불교도 상식을 어기면서까지 설교할 수는 없어서 할수없이 세태에 순응하게 되었다. 즉 무상(無常)이니 연기(緣起)니 하는 말을 크게 떠벌려 쉽게 믿을 수 있도록 하였다. 다시 말하면 불교는 세계가 끊임없이 운동 변화한다는 것을 인정하게 되자 사물들 사이도 보편적으로 연계되어 있고 인과율의 지배를 받는다고 믿게 되었다. 여기에 변증법이 있는 것이다. 이런 관점을 우화에 집어 넣은 목적은 원래 불교의 진리를 통속적으로 선전하려는 데 있다. 이런 적극적인 면이 있었기에 여러 이야기를 포섭할 수 있었다.

더군다나 불교의 수많은 우화는 원래 민간의 전설이었다. 예를 들어 여러 사람의 이야기를 모아 꾸민 범어본 《오권서》(五卷書)는 이미 이천 년 전에 고대 네팔, 인도, 실론, 대월지(大月氏) 등지에 유포되었다. 석가모니는 현세에서 설법할 때 현실 생활에서 조심스럽게 소재를 찾아 거기에 자기의 사상을 담아 사람들을 서서히 허무의 환상 세계로, '속제'(俗諦)에서 '진제'(眞諦)로 이끌어 갔다. 그리고 우화를 빌려 당시 잔혹한 노예 제도와 브라만교의 카스트 제도를 반대했다. 그 당시에는 나름대로 일정한 역사 의식을 가졌던 이 우화에서 우리는 종교적인 요소를 제거하기만 하면 풍부한 교훈을 얻을 수 있다. 불경 본연부(本緣部) 가운데 일부 우화, 예를 들어 '아기 고양이가 먹이를 찾다'(猫兒索食), '못생긴 하녀가 항아리를 깨뜨리다'(醜婢破罐) 등이 그런 우화이다.

《오등회원》(五燈會元), 《육조단경》(六祖壇經) 등의 선종 어록 가운데서 '벽돌을 갈아 거울을 만들다'(磨磚作鏡), '단하 스님이 불상을 태우다'(丹霞燒佛) 같은 것은 완전히 중국에서 만든 것이다. 선종은 불교 가운데서도 가장 널리 유행된 종파로 중국 사상계에 매우 큰 영향을 주었는데, 그 가운데 임제종, 조동종은 일본에까지 전해졌다. "자기 마음이 곧 부처이다"(自心是佛)라는 선종의 주장은 염불이나 좌선과 같은 번쇄한 형식을 깨뜨리고, 심지어 "부처를 꾸짖고 조사를 욕하며", "술을 마시고 고기를 먹어도 보리(菩提)에 거리낌이 없다"고 공언하여 흡사 불문에 반역하는 듯 보이기조차 하였다. 유심주의 이론을 버리지는 않았지만 형식주의에 반대하고 모든 계율을 깨뜨리며 우상

숭배를 배격한 선종의 대담한 풍조는 거울로 삼을 만한 가치가 있다. 헤아릴 수 없을 만큼 많은 불경 가운데 들어 있는 우화의 양은 다른 어떤 종교나 학파의 저작과도 비교할 수 없을 만큼 풍부하다. 철학적 진리는 철학 우화의 날카로운 칼이다.

철학적 진리라는 이 메스를 사회 정치와 인간 세태의 중심부에 들이 대어 보면 생활 규율을 어기고 역사적 조류에 거슬리는 모든 사람들은 그들의 동기가 무엇이든 그 세계관의 본질이 주관 유심주의적이고 형이상학적임을 알 수 있다. 철학 우화는 의지론이건, 교조주의이건, 보수 반동적이건, 황당무계한 궤변이건 그 사상들의 오류와 추한 모습을 독자들 앞에 선명하게 드러내 풍자와 충고의 임무를 완수한다.

6

이제 철학 우화의 문학적 특색과 언어, 문학에 끼친 영향에 대해 알아보자.

예술에서 소설이나 희곡이 풍요롭고 화려한 꽃밭과 같다면, 철학 우화는 섬세한 기교와 정갈한 아름다움을 가진 시정이 넘치는 자그마한 화분처럼 친밀함과 사랑스러움을 느끼게 할 뿐 아니라 한없이 그 아름다움을 되새기게 한다. 특히 짙은 삶의 숨결은 깊은 인상을 남긴다. 이런 점은 특히 선진 시대의 철학 우화에 잘 나타난다. 책을 펼치고 백정이 소를 잡는 이야기를 읽다 보면 신명나게 칼을 놀리고 떠들썩하게 소리치며 활기차고 흥겹게 노동하는 모습을 떠올릴 수 있다. 여름 한낮에 깊은 숲에서 매미 잡는 이야기를 듣노라면 마치 곱사 노인이 온 정신을 쏟아 매미를 잡으려 하고 있는 광경을 보는 듯하다. 우물 안 개구리가 넘실대는 큰 바다의 이야기를 듣고 망연자실 넋을 잃은 채 어안이 벙벙해 있는 모습을 보면 금방이라도 웃음을 터뜨리게 되고 호랑이 앞에서 위세를 부리는 여우의 이야기를 읽다 보면 어김없이 깊은 생각에 잠기게 되어 의식적으로 평소에 이와 같은 일들이 없었는지 반성하게 된다. 우화에 나오는 갖가지 사람들, 풀 한 포기, 나무 한 그루, 물고기 한 마리, 새 한 마리까지 모두 생기 발랄하게 살아 있는 듯하다. 이것은 철학 우화가 주로 민간의 구전에 뿌리를 두고 있을 뿐만 아니라, 지식인들이 거기에 살을 덧붙이는 과정에서도 사회 생활에 깊이 들어가 민간의 고통을 체험하며 평소 자연과 주위 환경을 세밀히 관찰한 데서 비롯된 것이다. 예를 들어 '사냥터가 너무 크다'(苑囿嫌大), '헤엄치는 법'(蹈水有道), '바퀴장이가 독서를 논하다'(輪扁論讀書), '우공의 산 옮기기'(愚公移山), '차비가 용을 죽이다'(次非殺蛟) 같은 이야기는 노동하는 백성에 대한 작자들 나름대로의 감정이 있으며 노동에 대해서도 나름대로의 흥취가 있다는 것을 설명한다. 이것은 "사지를 놀리지 않고 오곡을 분간할 줄 모르는" 많은 선비들에게는 틀림없이 좋은 교육이었다.

철학 우화의 장점은 간결함, 개괄성, 명쾌함이다. 표현은 간결하지만 뛰어나게 아름다워 감동적이고, 의론은 명쾌하지만 깊이와 치밀함을 잃지 않으며, 묘사는 개괄적이지만 생동하는 모습을 간직하고 있다. 그것은 언제나 인물이나 사건의 본질적 특징을 잘 파악하여 일반적 개념과 현상을 아주 수준 높게 몇 마디 말로 교묘하게 나타내고 있다.

맹자가 제나라 선왕과 대화하는 가운데 나라를 잘 다스리지 못하고 백성을 굶주려 죽게 한 죄과를 하나하나 따져 들어가는 대목을 보면 "왕이 주위를 돌아보며 엉뚱한 말을 했다"(王顧左右而言他)라는 몇 마디만으로 화가 잔뜩 나 있지만 어쩌지 못하고 얼버무리는 선왕의 궁상스런 모습을 잘 묘사하고 있다. 이 얼마나 명쾌한 필력인가!

'장석의 묘기'(運斤成風)라는 우화에서 장자는 "장석이 도끼를 휘두르는데 바람이 일어날 정도였다. 그러나 영(郢)이라는 곳에 사는 사람은 그 소리를 들으면서 장석으로 하여금 도끼로 코 끝에 바른 흰 가루를 깎아 내게 하는데 흰 가루가 다 깎여 나가도 코는 조금도 다치지 않았다. 영 사람은 선 채로 낯빛 하나 흐뜨리지 않았다"는 짤막한 구절로 장석과 영 사람이 함께 연기한, 혼비백산할 만한 절묘한 묘기를 병풍에 그린 닭이 홰를 치듯, 바람 소리가 '윙윙' 종이를 뚫고 나오듯 생생하게 표현하였다.

바로 이러한 전형화나 과장적인 수법을 써서 역대의 철학 우화들은 하나의 보편적 의미를 가진 전형적 성격과 전형적 인물을 만들어 낸다. 선진 시대 제자들 가운데서 많은 학자들이 약속이나 한 듯이 송나라 사람의 모습을 한결같이 다음과 같이 형상화하는 것을 볼 수 있다. 《맹자》,〈공손추상〉(公孫丑上)에서는 벼 이삭의 자연스런 생장 법칙을 어기고 이삭을 뽑아올려 빨리 자라도록 하는 어리석은 사람으로,《한비자》,〈오두〉(五蠹)에서는 나무 그루터기를 지키면서 토끼가 뛰어와 부딪혀 죽어 주기를 바라는, 노력하지 않고 그저 앉아서 기회만 기다리는 사람으로,《열자》,〈천서〉(天瑞)에서는 고루하고 식견이 좁아 주관에 사로잡혀 따뜻한 봄볕을 왕에게 가져다 주고 싶어하는 가소로운 사람으로 묘사하고 있으며 또 《여씨춘추》,〈음사〉(淫辭)에서는 큰길에서 강도의 논리로 부녀자의 옷 따위를 빼앗는 사람으로 묘사되고 있다. 《한비자》,〈외저설좌상〉(外儲說左上)에서 작자는 '정나라 사람이 나이를 가지고 다투었다', '정나라 사람의 신발 사기', '전부 다 수레바퀴', '정나라 사람의 돼지 팔기' 등의 고사를 통해 우둔하고 완고한 정나라 사람을 그려 낸다. 그 후 송대의 소식(蘇軾)이 쓴 《예자잡설》(艾子雜說)과 명대 육작(陸灼)의 《예자후어》(艾子後語)에서는 해학적이고 유머러스한 인물 예자로 묘사되지만, 명대의 장이령(張夷令)의 《우선별기》(迂仙別記)에서는 도학에 만족하여 낡은 규칙을 묵수하는 우공(迂公)으로 그려진다. 그 밖에 제나라 경공, 제나라 선왕, 안영(晏嬰), 순우곤(淳于髡), 동방삭(東方朔) 등도 우화에 자주 등장하는 인물이다. 독자들은 이러한 인물들의 과장된 성격과 변형된 분장을 보면서 깊이 반성하기도 하고, 화가 나 속을 끓이거나 또 웃음을 참을 수 없게 되기도 하며, 한편으로 그들을 자기도 모르게 전부터 알고 있었던 사람 같다고 느낄지도 모른다. 이러한 매력적인 과장 이야말로 그것이 진실한 생활 위에서 형성된 것임을 설명해 준다.

"말을 하면서도 문장으로 표현하지 못하고 가면서도 멀리 가지 못한다"는 말처럼 예술성이 결여된 작품에는 생명이 없다. 철학 우화, 특히 선진 시대의 우화는 사상과 예술의 일치에 도달하고자 하였으며, 아울러 부단한 탐색을 통해 새로운 예술적 수법, 특히 전형화라는 방법을 만들어 내었다. 철학적 저작이면서 우화인《장자》는 청대의 문학 비평가인 김성탄(金聖嘆)에 의해 '천하 기서'(天下奇書)로 인정되었고,《이소》(離騷),《사기》(史記),《두시》(杜詩),《서상》(西廂),《수호》(水滸)와 함께 '육재자서'(六才子書)라 일컬어졌다. 루 쉰(魯迅)은 "주나라 말엽 제자 백가의 웅장하고 성대하고 단정한 작품은 아무도 따라갈 수 없다"(《漢文學史綱要》)고 말했고, 꾸어 뭐르우어(郭沫若)는 "진한 이래의 중국 문학사는 거의 다 그 영향을 받아 발전된 것"(《魯迅與莊子》,《郭沫若文集》, 제 12 권)이라 하였다. 그러므로 철학 우화가 후대 문학의 발전에 끼친 영향을 결코 무시할 수가 없다.

철학 우화는 낭만적 색채와 현실적 정신이 결합된 창작법과 그 줄거리, 인물, 대화와 묘사의 예술적 형식 때문에 후대의 변문, 소설, 전기, 희곡의 출현을 이끌어 내었다. 남조의 유의경(劉義慶)이 쓴《세설신어》(世說新語)는 중국 최초의 수필체 소설인데 그 가운데 '관영이 돗자리를 자르다'(管寧割席), '매실 생각으로 갈증을 푼다'(望梅止渴) 등은 나중에 우화로 인정되었고, 포송령(浦松齡)의 문언 단편 소설《요재지이》(聊齋誌異)에 나오는 훌륭한 구성과 풍부한 철학적 내용이 담긴 단편들도 우화로 간주된 것으로 보아 우화와 소설 사이의 연원 관계를 알 수가 있다.《장자》,《열자》에 나오는, 구름과 안개를 타고 하늘을 나는 신선은 나중에 육조의 지괴(志怪) 소설에 등장하는 귀신으로 변화되어 나타난 것이 분명하다. 선진 시대의 만담가나 배우들의 재미있고 우스운 이야기들도 나중에《소림》(笑林),《계안록》(啓顏錄),《아학》(雅謔)과 같은 우스운 이야기집의 연원이 되었다. 우화는 또 소설이나 희곡으로 각색되었는데, 예를 들어《구잡비유경》(舊雜譬喻經)의 우화인 '병 속의 사람'(壺中人)은 순씨(荀氏)의《영귀지》(靈鬼志)에서는 이름만 바뀌었고, 또 남조 시대 오균(吳均)의 지괴 소설인《속제해기》(續齊諧記)에 나오는 '양선아롱'(陽羨鵝籠)이라는 이야기에서 더욱 발전되었다. '장자고분'(莊子鼓盆)은 나중에 희곡 '장자시처' (莊子試妻), '대벽관'(大劈棺)이 되었고, '장생몽접'(莊生夢蝶)은 원대의 관한경(關漢卿)에 의해 '삼감호접몽'(三勘蝴蝶夢)이라는 극본이 되었다. 루 쉰의 《고사신편》(故事新編) 중의 '출관'(出關), '기사'(起死) 두 편도 '장자우촉루'(莊子遇髑髏)라는 우화에서 발전된 것이다.

그러나 철학 우화의 가장 커다란 영향은 중국의 언어 예술을 발전 시켰다는 데 있다. 우화는 창작될 당시 민간의 구전에서 아주 많은 것을 받아들였고 또 지식인들에 의해 세련되고 승화되어 아름다운 소 리를 가진 생명력 넘치는 언어가 되어 역대로 전해졌던 것이다. 이러 한 방법은 뒷날 언어의 창조와 응용에 방향을 제시해 주었다. 크고 깊은 의미와 풍부한 풍취를 가지고 있어서 단어 밖의 뜻을 새길수록 더욱 의미심장한 단어들이 굉장히 많다. 이런 점이 중국 언어의 독특 한 품격을 이루게 되었는데, 여기서 우화의 영향이 고루 미치고 있음 을 쉽게 볼 수 있다. 그와 동시에 수많은 고대 우화가 성어나 경구로 꾸며져 몇 천 년 동안 널리 퍼져 왔다. 예를 들어 '사족'(蛇足), '활에 놀란 새'(驚弓之鳥), '기우'(杞憂), '망양흥탄'(望洋興嘆), '조삼모사'(朝 三暮四), '수주대토'(守株待兎), '머리 숫자 채우기'(濫竽充數), '호가호 위'(狐假虎威), '어부지리', '새옹지마' 등등 이루 다 열거할 수가 없다. 이 밖에 '모순'(矛盾), '철주'(掣肘, 팔꿈치를 잡아당기다, 견제하다), '퇴 고'(推敲) 등은 일찌감치 일반적 의미를 가진 개념으로 사용되어 우화 에서 나왔다는 것조차 알 수 없게 만들 정도이다. 또 많은 우화들이 말은 간결하지만 그 뜻은 완벽한 까닭에 전고(典故)가 되어 고대의 시 문사부(詩文詞賦)에 사용되면서 심오한 경지가 더욱 원대해져 그윽하 고 단정하며 고풍스럽고 소박한 중국적 풍취를 이루게 되었다. 철학 우화만큼 중국 문화의 언어와 민간 구어의 일부분이 된 문학 체제도 없을 것이다.

위에서 서술한 정치, 철학, 문학이라는 세 측면으로부터 우리는 왜 우화가 그처럼 강인한 생명력과 광범위한 대중성을 가질 수 있었는지 알 수 있다.

헤아릴 수 없이 많은 문화 고적 가운데 보존되어 온 놀라울 만큼 많은 핵심적 철학 우화들은 선진 제자들에 집중되어 있으며 나머지는 역대의 여러 문학과 역사 전적, 그리고 기술 여기저기에 나타난다. 철학 우화는 대체로 세 가지 유형으로 나눌 수 있다. 첫째는 신화, 전설, 민간 설화나 비유들에서 발전해 나온 전형적인 우화이다. 둘째는 가공과 허구를 거친 역사적인 작은 이야기들이다. 셋째는 역사적으로 확실히 존재했던 인물들에 관한 이야기이다. 그러나 오래 흘러오는 과정에서 우화의 성질을 가진 것으로 바뀌고 다듬어지고 변형되었기 때문에 실존 인물에 관한 것이라 해도 반드시 사실적 사건이라고 볼 필요는 없다. 이 세 유형의 우화는 내력과 성격이 달라도 역사적으로 사회, 정치, 철학과 문학 등 각 영역에서 중요한 작용을 하면서 오랫동안 전해지는 과정에서 현실에 맞게 수용된 것이므로 우리 시대에까지도 현실적 의미를 지니고 있는 것이다.

바로 이 때문에 철학 우화는 중국 문화 유산의 비판과 계승이라는 중요한 과제와 관련되기도 한다. 분명 이러한 문화의 보물 창고를 정리하여 찌꺼기를 없애고 알맹이만 취하여 독자들에게 제공하는 작업은 번거롭고도 어려운 일이 아닐 수 없다. 1950년대 말과 1960년대 초에 우리는 상해 인민출판사와 공동으로《중국 고대 철학 우언 고사선》(中國古代哲學寓言古事選) 두 권을 펴냈는데 두 권에 모두 60개의 이야기가 실려 있다. (그 가운데 30개는 당시에 티엔 츠옹 친(田崇勤), 정 스 휭(鄭拾風), 치우 주 츠앙(裘柱常), 황 위 깡(方毓剛) 등이 나누어서 작업했다.) 이것은 당시로서는 초보적인 시험 단계 정도였다. 몇 년 못 가 문화 대혁명이 일어나는 바람에 이 작은 두 책은 죄명을 뒤집어쓰고 여기저기서 두들겨맞는 '근거'가 되었다. 그 바람에 편성 작업에 참여했던 동지들, 심지어는 출판사 사람들까지 정도는 다를망정 모함과 박해를 받게 되었다. 이런 처참한 고통을 당한 사실이 오히려 시대 조류를 위반하는 모든 인물들로 하여금 놀라서 허겁지겁하지 않을 수 없도록 만드는 철학 우화의 위력을 잘 증명한 셈이었다. 지난 일을 되돌아보면서 조금이나마 미약한 역량을 다했다고 생각하면 웬

만큼 스스로 위안이 된다.

1978년 이래 이 두 작은 책을 보충하고 고쳐 원래 선정했던 우화 60개에다 옌 지에(嚴捷)가 더 가려 뽑아 쓴 270개를 합쳐 모두 330개로 묶어 한 권으로 만든 책을 독자들에게 선보인다.

우리는 옛날투에다 간결하지만 심오한 의미와 거창한 의도를 가진 우화의 원문을 모두 현대어로 옮기고 거기에 '풀이'를 덧붙였다. 주제를 부각시키고 이야기의 분위기를 강조하기 위해 어떤 부분은 원문의 취지를 근거로 하여 보태기도 하고 빼기도 하고 수식하기도 했으며, 어떤 구절은 원문과 조금 다르게 옮기기는 했지만 풍격을 일치시키려고 노력했다. '풀이'에서는 풍부한 철학적 진리와 심각한 의미를 하나하나 지적하는 것에 역점을 두었다.

편집과 선정 작업 기간이 촉박하여 범하게 된 결점들을 독자들이 지적하고 바로잡아 주기 바란다.

1980년 5월

옌 뻬이 밍(嚴北溟), 옌 지에(嚴捷)

1 미녀들의 진법 시범

춘추 시대의 초나라에 손무(孫武)라는 유명한 군사 전문가가 있었다. 그가 오나라에 도착하자 오나라 왕 합려(闔廬)는 그를 임용할 생각으로 이렇게 말했다. "선생께서 쓰신 13편의 병법을 다 읽었는데 말할 수 없이 훌륭하더군요. 진법 시범을 보여줄 수 없으십니까?"

"알겠습니다." 손무가 대답했다.

합려는 수염을 어루만지면서 생각을 거듭하다가 웃으면서 물었다. "여자들로 시범을 보일 수 있겠습니까?"

"그러지요." 손무가 고개를 끄덕였다.

희색이 만면한 왕은 미소를 띠면서 급히 후궁으로 사람을 보내 180명의 미녀를 뽑아 오게 했다. 왕이 자기들의 군사 훈련을 보고 싶어 한다는 말을 들은 미녀들은 호기심이 발동하여 가벼운 마음으로 화장을 하고 비단 소매를 걷어붙이고 날씬하고 아름다운 모습으로 훈련장으로 달려갔다. 손무는 그들을 두 줄로 세우고 왕이 아끼는 여자 2명을 대장으로 삼아 창을 들고 군령을 전달하도록 했다.

대열이 완전히 갖추어지자 손무가 큰소리로 말했다.

"너희들은 앞뒤와 양옆의 방위를 알고 있겠지?"

"알고 있습니다." 여자들은 대단히 흥미를 느꼈다.

"내가 앞으로 하면 앞을 보고, 오른쪽으로 하면 오른쪽을 보고, 왼쪽으로 하면 왼쪽을 보아라. 북소리를 신호로 하겠다. 알았는가?"

"알았습니다." 여자들은 입술을 오므리며 겨우 웃음을 참고 있었다.

이때 호령이 떨어지자 오른쪽의 북이 둥둥 울렸다.

여자들은 비웃는 듯 서로 바라보다가 마침내 참지 못하고 웃음을 터뜨리고 말았다.

"조용히 하라." 손무가 눈쌀을 찌푸리며 소리쳤다. "군령이 제대로 전달되지 않은 것은 장수인 나의 잘못이다. 좋다. 다시 한번 규정을 설명해 주겠다." 그는 여러 차례 경고한 다음 왼쪽의 북을 울리도록 명령했다. 북소리가 나자 미녀들은 또 웃음을 주체하지 못하고 앞뒤로 돌아보며 웃어 버렸다.

"조용히 하라." 손무가 날카롭게 소리쳤다. "군령은 분명히 전달되었다. 그런데 법을 알고서도 행하지 않은 것은 대장들의 죄다." 그는 그 두 대장의 책임을 물어 참수하도록 명령했다.

마침 사열대에서 큰소리로 웃고 있던 왕은 손무가 갑자기 자신이 가장 아끼는 여자들을 죽이려는 것을 보고 깜짝 놀라 급히 사람을 보내 명령했다. "장군이 용병을 잘한다는 것을 벌써 알았소. 나는 이 여자들이 없으면 밥을 먹어도 맛이 없으니 제발 죽이지 마시오."

손무는 진을 나와 대답했다. "제가 왕의 명을 받아 장군의 임무를 맡은 이상 임금의 명령이라도 듣지 않을 경우가 있습니다. 왕께서는 진중의 군법 집행에 간섭하지 마십시오." 왕은 꿀먹은 벙어리처럼 아무 말도 못하고 두 여자를 참수하여 군중에게 보이는 것을 그저 바라볼 수밖에 없었다.

그러자 여자 병사들은 다시는 어린애 장난하듯 재잘대지 못하고 북소리에 맞춰 절도 있게 나아가고 물러가고 앉고 서면서 손무가 정한 기준에 잘 따라 움직였다.

이때 손무가 왕에게 보고했다. "열병이 다 되었으니 내려오셔서 순시하십시오. 이런 군대라면 왕을 위해 물불을 가리지 않고 싸울 것입니다."

왕은 몹시 기분이 나빠서 말했다. "장군은 돌아가서 쉬시오. 나는 속이 좋지 않아 보고 싶지 않소."

그 말을 들은 손무가 탄식했다. "스스로 병법을 좋아한다더니 사실은 병법이라는 이름만을 좋아하고 내용은 좋아하지 않았구나."

● 初試美女陣 ●

孫子武者 齊人也 以兵法見於吳王闔廬 闔廬曰 子
之十三篇 吾盡觀之矣 可以小試勒兵乎 對曰 可
闔廬曰 可試以婦人乎 曰 可 於是許之 出宮中美
女 得百八十人 孫子分爲二隊 以王之寵姬二人各
爲隊長 皆令持戟 令之曰 汝知而心與左右手背乎
婦人曰 知之 孫子曰 前 則視心 左 視左手 右 視
右手 後 即視背 婦人曰 諾 約束旣布 乃設鈇鉞
即三令五申之 於是鼓之右 婦人大笑 孫子曰 約束
不明 申令不熟 將之罪也 復三令五申而鼓之左 婦
人復大笑 孫子曰 約束不明 申令不熟 將之罪也
旣已明而不如法者 吏士之罪也 乃欲斬左右隊長
吳王從臺上觀 見且斬愛姬 大駭 趣使使不令曰 寡
人已知將軍能用兵矣 寡人非此二姬 食不甘味 願
勿斬也 孫子曰 臣旣已受命爲將 將在軍 君命有所
不受 遂斬隊長二人徇 用其次爲隊長 於是復鼓之
婦人左右前後跪起 皆中規矩繩墨 無敢出聲

《史記》,〈孫子吳起列傳〉

풀 이 《손자》를 비롯한 고대의 병법에는 두 가지 의미가 있다.
첫째는 군사 변증법이다. 이것은 《손자병법》에 가장 많이 포함되어
있는 내용이며 철학적·군사적으로 귀중한 유산이다. 둘째는 용병과
군법을 밀접하게 결합시킨 것이다. 군대를 다스리려면 우선 엄격한
규율을 확립해야 한다. 이것들이 고대 병가의 우수한 전통이다.

 위나라를 포위하여 조나라를 구한다

기원전 353년 위나라 대군이 조나라의 수도 한단을 포위하자 조나라에서는 급히 제나라에 구원을 요청했다. 제나라의 대장군인 전기(田忌)가 군대를 이끌고 조나라로 갈 준비를 하고 있는데 그의 참모인 손빈(孫臏)이 말렸다. "어지럽게 얼키고 설킨 걸 풀려면 주먹을 펴지 않고 쥐고만 있어서는 안 됩니다. 싸우는 사람을 말리려면 칼이나 창을 써서는 안 되지요. 실을 피하고 허를 찔러 적을 위협하면 한단의 포위는 저절로 풀릴 것입니다. 조나라를 공격하느라 정예병을 총동원했기 때문에 위나라 국내에는 늙고 약한 병사만 남아 있을 것입니다. 장군은 가벼운 장비를 가지고 빠른 속도로 위나라의 수도 대량(大梁)으로 진격해 요새를 점거하여 그 허를 치십시오. 적은 반드시 자기 나라를 구하려고 조나라를 포기하고 돌아올 것입니다. 이렇게 되면 우리는 단번에 한단의 포위를 풀 수 있고 또 위나라의 군대가 지친 틈을 타 쉽게 섬멸할 수 있을 것입니다."

전기는 즉시 손빈의 조치에 따랐다. 정말로 대량이 포위되자 위나라의 군대는 급히 돌아왔다. 제나라의 군대는 위나라 군대가 계릉(桂陵)에 이르렀을 때 달려들어 크게 무찔렀다.

●圍魏救趙●

其後魏伐趙　趙急　請救於齊 … 田忌欲引兵之趙　孫子曰　夫解雜亂紛糾者不控捲　救鬪者不搏撠　批亢擣虛　形格勢禁　則自爲解耳　今梁趙相攻　輕兵銳卒

必竭於外　老弱罷於內　君不若引兵疾走大梁　據其
街路　衝其方虛　彼必釋趙而自救　是我一擧解趙之
圍而收弊於魏也　田忌從之　魏果去邯鄲　與齊戰於
桂陵　大破梁軍

《史記》,〈孫子吳起列傳〉

풀 이 　위나라를 포위하여 제나라를 구원한 계릉의 전투는 중국
역사상 유명한 전투 중 하나이다. 후세 사람들은 용병계 36계 가운데
'위나라를 포위하여 조나라를 구한 것'을 두번째로 친다.

　'동쪽의 구리산이 무너지면 서쪽 낙산의 종이 울리는' 격으로 사물
은 서로 연관이 있고, 제약하고, 영향을 끼친다. 이러한 연관의 주요
한 매듭을 잘 파악하고 있으면 머리털 하나만 잡아당겨도 온몸이 딸
려 오게 할 수 있다. 예를 들어 전쟁에서 실을 피하고 허를 찌르며,
동쪽을 교란시켜 서쪽을 치는 것은 허와 실, 동쪽과 서쪽 사이의 연
관을 이용하여 적과 아군의 힘을 대비시켜 열세를 우세로, 수세를 적
극적인 공세로 변화시켜 적을 이기고 승리하기 위한 것이다.

3 경마

손빈은 전국 시대의 전략가인데 제나라의 장군인 전기와 아주 친했다. 전기는 늘 제나라 위(威)왕과 경마를 하면서 말을 세 종류로 구분하여 일급말 대 일급말, 중급말 대 중급말, 하급말 대 하급말로 배치했다. 그러나 제나라 왕이 가진 각 등급의 말들이 전기의 말보다 강했기 때문에 전기는 경마 때마다 졌다.

손빈은 제나라 왕의 말이 전기의 말보다 그다지 잘 달리지 못함을 알고 전기에게 말했다. "다시 한번 해보십시오. 이길 수 있습니다."

경마하는 날 두 쪽은 모두 내기돈을 많이 걸었다. 징과 북이 울리고 경주가 시작되었다. 손빈은 우선 전기의 하급말을 왕의 상급말과 대진시키고 다음에는 전기의 상급말을 왕의 중급말과, 전기의 중급말을 왕의 하급말과 싸우게 했다. 경기 결과 2승 1패로 전기가 이겼다.

●田忌賽馬●

忌數與齊諸公子馳逐重射　孫子見其馬足不甚相遠　馬有上中下輩　於是孫子謂田忌曰　君弟重射　臣能令君勝　田忌信然之　與王及諸公子逐射千金　及臨質　孫子曰　今以君之下駟與彼上駟　取君上駟與彼中駟　取君中駟與彼下駟　既馳三輩畢　而田忌一不勝而再勝　卒得王千金

《史記》,〈孫子吳起列傳〉

풀 이 '전기의 경마'는 조작법(Operation Research)의 '정책론'을 최초로 적용한 실례라 할 수 있다. 같은 말이지만 경기 순서를 바꾸면 패배를 승리로 바꿀 수가 있다. 이 이야기는 사물의 질의 변화가 양적인 증감을 통해서 뿐만 아니라 배열이나 조합을 통해서도 일어날 수 있다는 것을 말한다. 이처럼 내적 요인을 과학적으로 조정하여 전체적으로 열세인 상황에서도 우세한 병력을 집중하여 각 부분의 문제를 해결하면 전체적으로 이길 수가 있다. 또 역량이 부족하고 전선이 너무 긴 상황에서 전선을 축소시키고 역량을 한 군데로 집중하여 섬멸전을 펴면 한 걸음 후퇴함으로써 두 걸음 전진하게 된다. 실제로 이렇게 사물의 내부 관계를 조정하여 전체적으로 불리한 상황을 유리한 상황으로 바꾼 예가 얼마든지 있다.

4 지도 위에서 전쟁하기

조나라의 명장인 조사(趙奢)에게는 조괄(趙括)이라는 아들이 있었다. 어려서부터 열심히 병법을 공부한 조괄이 용병술을 이야기했다 하면 아버지조차도 대꾸하지 못할 정도로 거침이 없었다. 이리하여 조괄은 천하에 자기와 대적할 사람이 없다고 생각하게 되었다. 하지만 조사는 아들을 칭찬하기는커녕 언제나 걱정스럽게 말했다. "장차 조나라에서 이 녀석에게 병사를 맡긴다면 이 녀석은 반드시 조나라를 파멸시킬 것이다."

기원전 262년 진(秦)나라가 조나라를 공격하여 두 나라 군대가 장평에서 대치하고 있었다. 조사는 이미 죽었고 인상여는 병들어 있었기 때문에 조나라에서는 젊은 염파를 파견할 수밖에 없었다. 처음 몇 차례의 싸움에서 조나라의 군대가 연전 연패하자 염파는 전략을 바꿔 성 밖으로 나가지 않고 굳게 지키기만 했다. 전쟁이 3년이나 계속되어 군량 공급이 어려워지자 점점 두려움을 느끼게 된 진나라에서는 조나라에 간첩을 보내 유언비어를 퍼뜨렸다. "진나라 군대는 조괄이 대장이 되는 것 말고는 아무것도 두려워하지 않는다."

유언비어가 궁중에 전해지자, 전쟁이 조금도 진전되지 않아 근심 걱정에 싸여 있던 조나라 효성왕은 조괄을 기용할 준비를 했다. 병석에서 그 말을 들은 인상여는 중요한 일을 조괄에게 맡겨서는 안 된다고 권했고, 조괄의 어머니도 글을 올려 조괄은 공담이나 할 수 있지 중요한 책임을 맡을 수는 없다고 말했다. 그러나 왕은 듣지 않고 정말로 염파를 소환하고 대신 조괄을 대장으로 삼았다.

　　전선에 도착한 조괄은 즉시 군대를 정비하고 무력을 강화하였으며 대치 상황을 포기하고 전략을 바꾸어 많은 장교들을 교체하였으므로 단번에 군기가 어수선해졌다. 진나라의 장수인 백기(白起)는 이런 상황을 염탐하여 깊은 밤에 조괄의 진영에 특공대를 투입시킨 다음 패주하는 척하면서 기회를 틈타 조괄군의 식량 보급로를 차단했다. 진나라 군대의 패퇴가 기만술이라는 것을 모르는 조괄은 군사를 지휘하여 추격했지만 징과 북을 울리면서 측면에서 쇄도하는 진나라 군사들에 의해 조나라 군대의 허리가 끊어지고 말았다. 이리하여 조나라 군대는 40일 이상 포위되어 나무껍질과 풀뿌리까지 다 먹어 버리고 사기가 형편없이 떨어지고 말았다. 조괄은 그대로 산 채 굶어 죽을 수는 없다고 판단하고 군대를 이끌고 포위망을 돌파했다. 그러나 보이는 것은 온 들을 덮고 있는 진나라 깃발뿐이었다. 진나라 군대가 사방에서 몰진해 오는 바람에 조괄은 비오듯 날아오는 화살에 맞아 죽었고 40만 장병도 모두 떼죽음을 당했다. 이어 진나라는 조나라의 수도인 한단을 포위했다. 나중에 위나라의 신릉군이 군사를 몰고 와 구원하지 않았더라면 조나라는 멸망하고 말았을 것이다.

●紙上談兵●

七年　秦與趙兵相距長平　時趙奢已死　而藺相如病篤　趙使廉頗將攻秦　秦數敗趙軍　趙軍固壁不戰　秦數挑戰　廉頗不肯　趙王信秦之間　秦之間言曰　秦之所惡　獨畏馬服君趙奢之子趙括爲將耳　趙王因以括爲將　代廉頗…

趙括自少時學兵法　言兵事　以天下莫能當　嘗與其父奢言兵事　奢不能難　然不謂善…

趙括旣代廉頗　悉更約束　易置軍吏　秦將白起聞之　縱奇兵　佯敗走　而絶其糧道　分斷其軍爲二　士卒離

心 四十餘日 軍餓 趙括出銳卒自搏戰 秦軍射殺趙
括

《史記》,〈廉頗藺相如列傳〉

풀 이 조괄이 탁상공론만 벌이다 장평 전투에서 참패한 것은 아
주 커다란 교훈이 된다. 여기서 우리는 교조주의의 해악, 이론과 실제
의 중요한 연관성을 알 수 있다. 요란스럽기만 하고 내용이 없는 조
괄의 명성은 널리 알려져 있었다. 이런 사람이 자기 거실에서 허풍을
치는 것은 그리 큰 해악을 초래하지 않는다. 그러나 조나라 효성왕은
그가 매우 재능이 있는 것으로 알고, 모든 사람들이 동의하지 않는데
도 주관적인 판단과 고집으로 그를 등용하여 커다란 잘못을 저질렀
다. 그러므로 조괄의 공담이 나라를 그르친 데는 효성왕에게도 중대
한 책임이 있다. 이 이야기는 사람을 제대로 알아 적소에 중용하는
것이 지도자에게 얼마나 중요한 것인가를 말해 주고 있다.

5 문경지교

인상여(藺相如)는 원래 조나라의 가난한 선비였다. 조나라 효문제 때 진나라가 조나라로부터 '화씨의 구슬'을 강탈하려 했을 때 인상여는 구슬을 가지고 진나라의 조정으로 가서 진나라 왕을 설득하여 원래대로 구슬을 조나라로 가지고 돌아왔다. 나중에 민지(澠池)의 연회에서 인상여는 진나라 왕으로 하여금 부(缶)라는 악기를 치도록 함으로써 조나라 왕이 굴욕당하지 않게 했다. 그의 위대한 지혜와 용기가 온나라를 감동시켰으므로 왕은 그를 아주 소중히 여겨 노장 염파보다도 높은 자리에 앉혔다.

염파(廉頗)는 부끄럽고 분한 나머지 성을 내며 말했다. "내가 조나라를 위해 생사를 넘나들면서 성을 공격하고 땅을 공략하여 큰 공을 세웠지만 겨우 상공의 자리에 올랐을 뿐이다. 그런데 저 인상여는 출신이 미천한데다 겨우 세 치 혀에 의지하여 마침내 나보다 위에 올랐으니, 늙은 나더러는 어디로 가라는 것인가?" 그는 어디서나 이렇게 떠들고 다녔으며 인상여를 만나면 반드시 맞대 놓고 모욕을 주었다.

주인이 염파에게 늘 당하는 것을 본 인상여의 부하들은 체면이 말이 아니어서 떠나기로 작정했다. 인상여가 그들을 말리면서 물었다. "염장군과 진나라 소왕 가운데 누가 더 무서운가?"

"당연히 위풍당당한 진나라 소왕이 더 무섭지요." 그들은 입을 모아 말했다.

인상여는 잔잔하게 웃으면서 말했다. "그렇지. 나는 천하를 떨게 하는 진나라 소왕을 그의 조정에서 꾸짖어 주었고 그의 신하들에게도 모욕을 주었다. 나 인상여가 쓸모 있는 인물은 아니지만 염장군만을 두려워한다고는 못하겠지?"

그는 총총한 눈빛으로 사람들을 돌아보면서 또 말했다. "나는 이렇게 생각한다네. 강한 진나라가 우리 조나라를 침범하지 못하는 것은 나와 염장군이 있기 때문이야. 우리 두 사람이 싸운다면 조나라는 위험해지겠지. 내가 늘 물러나는 건 국가 안위가 앞에 있고 개인적인 은혜나 원수는 뒷전에 있기 때문이네."

이 말이 염파의 귀에 들어가자 그는 부끄럽고 창피했지만 또 깊은 감동을 받았다. 그래서 윗도리를 벗고 가시 돋친 회초리를 지고 인상여를 찾아가 용서를 빌었다. 그는 맨땅에 무릎을 꿇고, 어리석고 무지한 자기를 때려 달라고 간청했다. 하지만 인상여는 급히 염파를 일으켜 세웠다. 이로부터 염파와 인상여는 생사를 함께 하는 우정을 맺게 되었다.

●負荊請罪●

既罷歸國 以相如功大 拜爲上卿 位在廉頗之右 廉
頗曰 我爲趙將 有攻城野戰之大功 而藺相如徒以
口舌爲勞 而位居我上 且相如素賤人 吾羞 不忍爲
之下 宣言曰 我見相如 必辱之 相如聞 不肯與會
相如每朝時 常稱病 不欲與廉頗爭列 已而相如出
望見廉頗 相如引車避匿 於是舍人相與諫曰 … 藺
相如固止之 曰 公之視廉將軍孰與秦王 曰 不若也
相如曰 夫以秦王之威 而相如廷叱之 辱其群臣 相
如雖駑 獨畏廉將軍哉 顧吾念之 強秦之所以不敢
加兵於趙者 徒以吾兩人在也 今兩虎共鬪 其勢不
俱生 吾所以爲此者 以先國家之急而後私仇也 廉
頗聞之 肉袒負荊 因賓客至藺相如門謝罪 … 卒相

與歡 爲刎頸之交

《史記》,〈廉頗藺相如列傳〉

<u>풀 이</u> '장군과 재상의 화해'는 아주 큰 교훈을 주는 이야기이다. 인상여는 대국적 관점에서 나라를 위해 참음으로써 결국 염파를 감동시켜, 두 호랑이가 다투는 추세를 안정과 단결로 변화시켰다. 그러므로 인상여의 설득이 아주 훌륭했다고 할 수 있다.

사람들의 생각을 바꾸려면 모순을 잘 이용해야 한다. 서로 모순되는 것들은 일정한 조건에서는 반대 방향으로 바뀔 수 있다. 대립되는 것들이 서로 바뀌는 원리를 파악할 때, 서로 바뀔 수 있는 조건을 인식하는 것이 가장 중요하다. 여기에서는 인상여의 겸손과 겸양이 모순을 바꾸는 데 필요한 조건이 되었다. 하지만 잘못을 과감히 인정하고 허물을 알면 반드시 고친다는 염파의 정신도 아주 고귀한 것이다.

6 말의 장례

초나라 장왕은 말을 몹시 좋아했는데, 가장 아끼는 말에게 화려한 비단옷을 입히고 휘황찬란하게 금칠한 벽으로 둘러싸인 궁전에서 기르고 깨끗하고 서늘한 침상에서 재우고 맛있는 대추를 먹였다. 그리하여 너무 살이 찐 말이 죽고 말았다. 초나라 왕은 모든 대신들에게 애도하도록 명령하고 관을 마련해 염습할 준비를 갖춰 모든 것을 대부의 장례에 따라 융숭하게 거행하도록 했다. 대신들이 그래서는 안 된다고 말렸지만 초나라 왕은 듣지 않을 뿐만 아니라 오히려 이렇게 명령했다. "말의 장례에 대해 이러쿵저러쿵하는 사람은 사형에 처하겠다."

그 말을 들은 우맹(優孟)은 왕궁으로 달려가 목놓아 통곡을 했다. 초나라 왕이 이상하게 여기고 영문을 묻자 우맹이 대답했다. "그 죽은 말은 왕께서 가장 아끼는 말입니다. 우리 초나라가 이렇게 당당하고 큰 나라인데 겨우 대부의 장례로 말의 장례를 치르다니요. 말도 안 됩니다. 마땅히 왕의 장례에 따르도록 해야 합니다."

초나라 왕이 말했다. "그렇다면 어떻게 해야 되겠소?"

우맹이 대답했다. "제 생각에는 백옥으로 관을 만들고 마호가니로 곽을 짜고 많은 군사를 파견하여 커다란 구덩이를 파게 하고 성 안의 남녀노소를 동원하여 흙을 다지도록 해야 합니다. 출상하는 날에는 조나라, 제나라의 사절들을 앞세워 북과 징을 치며 길을 인도하게 하고 한나라, 위나라의 사절들로 하여금 뒤에서 기를 들고 따르며 초혼하게 하십시오. 사당을 지어 그 위패를 길이 모시고 만호후(萬戶侯)의

시호를 내리십시오. 그래야만 왕이 사람은 아주 경시하고 말을 가장
중시한다는 것을 알릴 수 있습니다.”

초나라 왕이 말했다. “내 잘못이 그렇게도 크단 말이지요? 좋습니
다. 그럼 어떻게 해야 하겠소?”

“부뚜막으로 곽을 삼고 무쇠솥으로 관을 삼아 고추와 후추와 생강
과 마늘을 넣어 맛있게 푹 삶아 모든 사람들이 실컷 잘 먹도록 하십
시오.”

● 楚王葬馬 ●

優孟者 故楚之樂人也 長八尺 多辯 常以談笑諷諫
楚莊王之時 有所愛馬 衣以文繡 置之華屋之下 席
以露床 啗以棗脯 馬病肥死 使群臣喪之 欲以棺槨
大夫禮葬之 左右爭之 以爲不可 王下令曰 有敢以
馬諫者 罪至死 優孟聞之 入殿門 仰天大哭 王驚
而問其故 優孟曰 馬者 王之所愛也 以楚國堂堂之
大 何求不得 而以大夫禮葬之 薄 請以人君禮葬之
王曰 何如 對曰 臣請以雕玉爲棺 文梓爲槨 楩楓
豫章爲題湊 發甲卒爲穿壙 老弱負土 齊趙陪位於
前 韓魏翼衞其後 廟食太牢 奉以萬戶之邑 諸侯聞
之 皆知大王賤人而貴馬也 王曰 寡人之過一至此
乎 爲之奈何 優孟曰 請爲大王六畜葬之 以壟竈爲
槨 銅歷爲棺 齎以薑棗 薦以木蘭 祭以粳稻 衣以
火光 葬之於人腹腸

《史記》,〈滑稽列傳〉

[풀 이] 군주의 '민감한 곳을 건드려 노여움을 사는' 것은 좋은 방법이 아니다. 많은 사람들이 초나라 왕 앞에서 간하다가 불행한 일을 당했지만 우맹은 말을 슬쩍 바꾸어 먼저 왕의 호감을 산 다음, 표면적으로는 말의 성대한 장례를 극력 과장함으로써 말을 아끼는 왕의 마음에 호소하면서도 실질적으로는 더 철저하게 왕의 터무니없는 오류와 막대한 폐해를 폭로하여 뉘우치도록 했다. 상대에게 설득을 하거나 충고하기 위해서는 어떤 방법이 가장 쉽게 받아들여질 만한 것인가에 특히 주의해야 한다. '망치려면 먼저 일으켜 세워 주어야 한다'는 점을 무엇보다도 먼저 고려해야 할 것이다.

7 나중 온 자가 위에 있다니

급암(汲黯), 공손홍(公孫弘), 장탕(張湯) 세 사람은 모두 한나라 무제의 신하이다. 급암이 높은 관직에 있었을 때 공손홍과 장탕은 아직 낮은 지위에 있었다. 나중에 공손홍과 장탕이 발탁되어 공손홍은 후(侯)로 봉해지고 재상이 되었으며 장탕도 어사대부가 되었다. 그리고 이전에 급암의 부하였던 사람들도 다 급암과 서열이 같아지거나 그를 앞질렀다.

속이 좁은 급암은 그것이 몹시 불만스러웠다. 언젠가 무제를 만났을 때 급히 왕 앞으로 올라가 말했다. "황제께서 사람을 쓰시는 것은 장작을 쌓는 것 같습니다. 나중에 온 것을 위에 놓고 계시니 말입니다." 그 말을 들은 무제는 아무 말도 하지 않았다.

● 後來居上 ●

始(汲)黯列爲九卿　而公孫弘張湯爲小吏　及弘湯稍
益貴　與黯同位　黯又非毀弘湯等　已而弘至丞相　封
爲侯　湯至御史大夫　故黯時丞史皆與黯同列　或尊
用過之　黯褊心　不能無少望　見上　前言曰　陛下用
群臣如積薪耳　後來者居上　上默然

《史記》,〈汲鄭列傳〉

[풀 이] 봉건 시대에는 인재를 등용할 때 자격을 따지고 서열을 중시했다. 그러므로 무제의 생각은 일상적인 규칙을 깨뜨린 것이라 할 수 있다. 그러나 급암은 '좁은 소견' 때문에 '나중에 온 것이 위에 놓이는 것'이야말로 사물의 신진 대사와 발전의 필연적 법칙이라는 것을 모르고 무제를 원망했다.

인재를 등용할 때 자격이나 서열로 논해서는 안 된다. 낙후와 선진이 고정 불변하는 것이 아니기 때문이다. 조건에 따라, 낙후가 선진으로 바뀔 수 있고 나중에 온 자도 위에 오를 수 있다. 많은 선진 집단과 선진 인물이 시종 선진적이었던 것이 아니라 원래의 낙후한 모습을 적극적으로 변화시켜 선진이 된 것이다.

湯素唐上

8 | 모수자천

기원전 260년 진(秦)나라와 조나라의 장평 전투에서 조나라는 40만 대군을 전부 잃었다. 강한 진나라 군대는 파죽지세로 거침없이 조나라의 수도인 한단을 포위했다(기원전 257년). 조나라의 운명 때문에 근심과 걱정에 싸인 효성왕은 급히 동생 평원군을 초나라에 보내 구원병을 요청했다. 조나라의 존망이 이 일에 달린 셈이었다.

사안이 중대한 만큼 평원군은 총명한 수행원 20명을 데리고 갈 준비를 했다. 그는 자신의 식객 수천 명 가운데서 요모조모 따져보고 가려서 19명을 골랐지만 아무리 살펴봐도 적당한 인물 한 사람을 찾을 수가 없었다. 이때 모수라는 식객이 일어나서 평원군에게 말했다. "저를 데리고 가 주십시오."

평원군은 그가 낯설어 물었다. "선생은 여기 오신 지 몇 년이나 되었소?"

"3년입니다." 모수가 대답했다.

"3년?" 평원군은 머리를 저으며 말했다. "안 되겠소. 재능 있는 사람은 호주머니 속의 송곳 끝이 주머니를 뚫고 나오듯 재능이 드러나게 마련이오. 선생이 여기 온 지 3년이나 되었는데 여태까지 선생을 칭찬하는 사람을 보지 못했으니 아무 재능도 없는 것 아니겠소? 당신은 안 되겠소."

"그렇지 않습니다." 모수가 따지고 들었다. "저는 여태까지 당신의 주머니에 넣어지지 않은 송곳과 같은 처지였습니다. 일찌감치 당신의 주머니에 넣어졌더라면 송곳 끝이 주머니 밖으로 나올 뿐만 아니라 송곳 전체가 곡식 이삭을 패듯 솟아났을 것입니다."

평원군은 생각을 거듭하다 모수의 말에도 일리가 있다 싶어 데리고 가기로 결정했다. 동행하는 19명의 식객들은 모두 모수를 무시했지만 여행 도중에 그가 평범한 인물이 아니라는 것을 발견하게 되었다.

조나라와 초나라의 회담이 교착 상태에 빠졌을 때 모수는 생명의 위험을 무릅쓰고 칼을 빼들고 홀로 나서서 거만한 초나라 왕 앞에서 격앙된 어조로 대의를 밝혔다. 그의 늠름한 정기는 초나라 왕을 놀라게 했으며 세밀하고 예리한 분석은 초나라의 신하들을 탄복시켰다. 이리하여 초나라 왕과 평원군은 당장에 맹약을 맺었다. 곧 초나라와 위나라의 응원군이 양쪽에서 진격하여 결국 한단의 포위를 풀 수가 있었다.

그 후 평원군은 감동하여 말했다. "모수는 세 치 혀로 백만의 군대를 이기고 초나라에 가서 우리 조나라의 위신을 크게 높였다. 내가 많은 인재들을 알아보았지만 모수만을 알아보지 못했다."

●毛遂自薦●

秦之圍邯鄲　趙使平原君求救　合縱於楚 … 門下有毛遂者　前　自贊於平原君曰　遂聞君將合縱於楚　約與食客門下二十人偕　不外索　今少一人　願君卽以遂備貝而行矣　平原君曰　先生處勝之門下幾年於此矣　毛遂曰　三年於此矣　平原君曰　夫賢士之處世也譬若錐之處囊中　其末立見　今先生處勝之門下三年於此矣　左右未有所稱誦　勝未有所聞　是先生無所有也　先生不能　先生留　毛遂曰　臣乃今日請處囊中耳　使遂蚤得處囊中　乃穎脫而出　非特其末見而已平原君竟與毛遂偕 …

《史記》,〈平原君虞卿列傳〉

 모수자천은 둘도 없는 아름다운 이야기로 전해진다. 이 이야기는 우리에게 다음과 같은 두 가지를 일깨워 준다.

인재란 전문 영역에서 보통 사람을 초월하는 연구 능력과 창조력을 가진 사람을 가리킨다. 이러한 능력은 정당한 조건에서만 자루 속의 송곳처럼 솟아나와 작용을 발휘한다. 따라서 유리한 조건을 마련해 주는 것이 인재를 배양하고 등용하는 데 가장 중요하다.

동서 고금을 막론하고 위대한 현인과 재능 있는 학자의 업적은 다른 사람의 추천이나 배양에 달려 있었다. 인재는 능력을 발휘할 기회가 있어야 한다. 백락에 의해 천리마가 알려지는 것도 하나의 방법이지만 모수처럼 스스로 자기를 알리는 것도 좋은 방법이다. 국가의 이익에서 출발하여 모든 사심과 잡념과 고려를 제거해야만 비평과 비웃음을 두려워하지 않고 자신을 추천할 수 있을 것이다.

9 장의의 혀

　장의(張儀)는 전국 시대의 종횡가인데 세 치 혀로 가난한 선비에서 진나라 재상이라는 중요한 자리에 오르게 되었다.

　그가 아직 가난했을 때의 일로 초나라에 유세를 가 재상을 모시고 술을 마신 적이 있었다. 그런데 재상 집안의 흰 구슬이 갑자기 없어졌다. 장의가 훔쳐간 것으로 의심한 하인들이 달려들어 그를 매달고는 살점이 떨어져 나가도록 친 다음 문 밖으로 쫓아냈다. 장의가 기를 쓰고 기어 집으로 돌아오자, 화가 난 그의 아내가 욕을 퍼부었다. "흥, 당신이 유세하러 가서 문제를 일으키지 않았으면 이런 수치와 모욕을 당하지는 않았을 것 아니예요." 장의는 입을 벌리고 아내에게 물었다. "내 혀가 아직 있나 봐주오." 그의 아내가 비웃으며 말했다. "있어요." 장의는 마음이 놓여 한숨을 내쉬며 말했다. "이것만 있으면 돼."

●張儀的舌頭●

張儀已學而游說諸侯　嘗從楚相飲　已而楚相亡璧
門下意張儀　曰　儀貧無行　必此盜相君之璧　共執張
儀　掠笞數百　不服　釋之　其妻曰　嘻　子毋讀書游說
安得此辱乎　張儀謂其妻曰　視吾舌尙在不　其妻笑
曰　舌在也　儀曰　足矣

《史記》,〈張儀列傳〉

[풀 이] 전국 시대의 유세객들은 세 치 혀를 종횡으로 놀려 아침에
는 진나라로 저녁에는 초나라로 다니면서 제후들을 설득해 뜻을 얻으
면 금방 재상이 되고 이해받지 못하면 빈털터리로 돌아오는 것이 특
징이었다. 이들의 입장에서는 혀만 있으면 모든 것이 있는 셈이니까
혀가 아직 있는 것 때문에 위로를 느낀 것도 이해할 만하다. 그러나
우리 시대에는 혀 만능이라는 왜곡된 풍조를 비판해야 한다. 진리에
서 벗어난 번지르르하고 허황된 말과 가장 혁명적이고 가장 감동적인
논조에 오히려 매우 해로운 속임수가 숨겨져 있다는 것을 경계해야
한다.

10 지록위마

　진나라의 승상이 된 조고(趙高)는 왕위마저도 빼앗으려고 했다. 그는 신하들이 복종하지 않을까봐 음모를 꾸며 자기에게 반대하는 사람들을 제거했다.

　어느 날 조고는 미리 준비해 둔 사슴을 황제 앞으로 끌고 오게 한 다음 황제인 호해(胡亥)에게 말했다. "이것은 세상에서 보기 드문 좋은 말입니다. 황제께 바칠테니 타십시오."

　깜짝 놀란 황제가 웃으며 말했다. "승상은 농담하시는 거요? 어떻게 사슴을 말이라 한단 말이오."

　조고는 한 걸음 다가서며 큰소리로 말했다. "그렇지 않습니다. 이것은 말입니다. 폐하께서 못 믿으신다면 대신들에게 물어 보셔도 좋습니다."

　문무 백관들은 모두 어리둥절 서로 쳐다만 보고 있었다. 담이 작아 두려움이 많은 사람은 놀라서 한 마디도 하지 못했고, 조고에게 아부하는 사람들은 재빨리 부화뇌동하여 확실히 천리마라고 했으며, 정직한 대신들은 조고의 속셈을 꿰뚫어 보고 말이 아니라 사슴이라고 주장했다.

　오래지 않아 사실을 말한 대신들은 조고가 뒤집어씌운 여러 가지 죄명에 걸려 면직되기도 하고 옥에 갇히기도 했으며 죽임을 당하기도 했다.

●指鹿爲馬●

趙高欲爲亂　恐群臣不聽　乃先設驗　持鹿獻於二世
曰　馬也　二世笑曰　丞相誤邪　謂鹿爲馬　問左右　左
右或默　或言馬以阿順趙高　或言鹿者　高因陰中諸
言鹿者以法

《史記》,〈秦始皇本紀〉

[풀 이] 후세 사람들은 '지록위마'를 고의로 시비를 전도하고 흑백을 뒤섞는 것에 비유한다. 사실 이러한 조고의 정치적 음모는 간파하기 쉽다. 진나라 2세와 조정의 많은 신하들은 그의 권세와 세도가 두려워 한 마디도 못했는데 이것이야말로 조고가 원했던 것이었다. 조고는 공공연히 거짓말을 하고 억지 소리로 진리를 어기고 흑백을 전도시켜, '나를 따르는 자는 흥하고 거스르는 자는 망한다'는 독재적 공포 분위기에서 왕위를 찬탈하여 정권을 빼앗으려는 간교한 계획을 꾸며 입에서 나오는 대로 거침없이 사슴을 말이라 지껄였다. 대대로 간신들은 조고의 이러한 권모술수를 이어받아 더욱 은폐되고 교묘하고 교활한 속임수를 써 왔다.

11 | 자기를 사형시킨 법관

춘추 시대 진(晉)나라의 전옥 장관인 이리(李離)는 공정했고 아첨하지 않았으며 흔들림 없이 법을 집행했다. 한번은 사안을 심의하던 중에 자신이 잘못 판결하여 사형시킨 사건이 있음을 발견하고 부끄러움과 놀라움을 금치 못한 그는 곧 관복을 벗고 수인을 거둔 다음 위병으로 하여금 자기를 포박하여 문공에게 데려가게 하여 사형에 처해 주도록 청했다.

그것을 본 문공이 허둥지둥 달려 내려와 포승을 풀어 주며 말했다. "관직에는 귀천이 있고 처벌에도 경중이 있소. 다시 말하지만 이 안건은 관리들이 잘못한 것이지 당신이 잘못한 것이 아니오."

이리는 무릎을 꿇은 채 말했다. "제가 차지하고 있는 자리는 가장 중요한 자리입니다만 부하들에게 특권을 조금도 나눠 주지 않았습니다. 게다가 저는 많은 보수를 받았습니다만 아랫사람들에게 한 푼도 나눠 주지 않았습니다. 이제 제가 잘못해 놓고 아랫사람에게 책임을 전가할 수 있겠습니까? 사형에 처해 주십시오."

그 말을 들은 문공은 기분이 상해 말했다. "당신의 말대로 아랫사람들의 잘못에 대해 윗사람이 책임을 져야 한다면 내게도 죄가 있다고 해야 할 것이오."

이리가 대답했다. "전옥에는 판결을 잘못 내린 자는 반드시 같은 형에 처하는 반좌법이 있습니다. 잘못 판단해 사형을 내린 자는 사형에 처해야 합니다. 군주께서는 인정을 잘 살피고 미세한 사정을 잘 듣고 의혹을 잘 판결할 사람으로 인정하여 저를 전옥 장관에 임명하신 겁니다. 지금 오히려 저의 손에 의해 원통하게 사형당한 사건이 생겼으니 제 죄는 사형에 처해야 마땅합니다." 그러고는 갑자기 일어나 호위병이 들고 있던 칼을 빼앗아 순식간에 피를 흘리며 왕 앞에서 자결하고 말았다.

●李離伏劍●

李離者 晉文公之理也 過聽殺人 自拘當死 文公曰 官有貴賤 罰有輕重 下吏有過 非子之罪也 李離曰 臣居官爲長 不與吏讓位 受祿爲多 不與下分利 今 過聽殺人 傅其罪下吏 非所聞也 辭不受令 文公曰 子則自以爲有罪 寡人亦有罪邪 李離曰 理有法 失 刑則刑 失死則死 公以臣能聽微決疑 故使爲理 今 過聽殺人 罪當死 遂不受令 伏劍而死

《史記》, 〈循吏列傳〉

풀 이   중국 역사에서는 권력자에게 아부하지 않고 공정하게 법을 집행한 포증(包拯), 해서(海瑞) 등 청렴한 관리들이 줄곧 미담으로 전해지고 있다. 그러나 이리처럼 스스로를 사형에 처한 사람은 없었다.

'법 앞에서 만인의 평등'은 사실상 전제 통치에서는 불가능한 일이다. 춘추 오패 가운데 진보적인 축에 들었던 진나라 문공조차도 형벌의 경중이 관직의 고하에 따라 정해져야 한다고 여겨 관직이 높은 사람일수록 법률의 속박을 받지 않아야 한다고 생각했다. 이리는 자신의 생명으로써 '왕자가 법을 범하면 백성과 똑같이 처벌한다'는 법률의 엄숙성을 구체적으로 드러낸 점과 자신의 이익과 권세를 부하들에게 조금도 나눠 주지 않았기 때문에 잘못과 책임도 부하들에게 전가시킬 이유가 없다고 생각한 점에서 훌륭한 사람이다.

 신발을 주워 주고

장량(張良)은 박랑사(博浪沙)에서 진시황을 척살하려다 실패하고 이름을 숨긴 채 비(邳)로 도망을 쳤다. 어느 날 다리 위를 거닐던 그는 누더기를 걸친 노인과 마주쳤다. 노인은 장량의 곁을 지날 때 갑자기 자기 신발을 벗어 다리 아래로 떨어뜨린 다음 장량에게 말했다. "젊은이, 신발을 주워 주게." 깜짝 놀란 장량은 주먹으로 때려 주고 싶었지만 노인의 백발을 보고는 화를 억지로 참으며 다리 아래로 내려가 신발을 주워다 주었다. 그러자 노인이 발끝을 들면서 말했다. "신겨 주게." 장량은 이왕 주워 왔으니 도와주자고 생각하고 화를 참으며 무릎을 꿇고 신발을 신겨 주었다. 노인은 힘주어 땅을 밟으며 허허 웃으면서 가버렸다. 장량은 괴상한 일도 다 있다 싶어 그의 뒷모습을 바라다 볼 뿐이었다. 끊긴 길까지 걸어 간 노인은 서성거리더니 돌아와 말했다. "젊은이, 아직 행운이 있다네. 좋아. 닷새 후 새벽에 여기서 만나세." 장량은 더 분명히 묻고 싶었지만 노인은 이미 멀리 가버리고 없었다.

닷새째 되는 날 새벽, 장량이 급히 다리에 도착하자 벌써 와 있던 노인이 화를 내며 꾸짖었다. "노인과 약속을 하고서 늦다니 이게 무슨 짓인가?" 그는 몇 걸음 돌아서 가더니 돌아보며 말했다. "닷새 뒤 새벽에 다시 만나세."

닷새 뒤에 날이 밝아 닭이 막 울 무렵 장량은 급히 다리로 뛰어갔지만 벌써 와 있던 노인이 날카롭게 꾸짖었다. "또 늦었군. 정말로 말도 안 돼." 그는 뒤돌아 몇 걸음 가더니 다시 고개를 돌리고 말했다.

"닷새 뒤 새벽에 다시 오게."

쉽사리 닷새가 지났다. 장량은 한밤중에 더듬더듬 어둠을 더듬으며 다리에 도착했다. 한참 후에 온 노인이 기분이 몹시 좋다는 듯 말했다. "그래야지." 그러고는 품 속에서 책 한 권을 꺼내며 말했다. "이 책을 읽으면 군주를 위해 삼군을 거느릴 수 있을 걸세. 10년이 지나면 자네는 큰 공을 세우게 될 걸세. 13년 후에 제나라 북쪽의 곡성산(谷城山) 아래서 돌덩이 하나를 발견할 거야. 그게 바로 나야." 말을 마친 노인은 아득히 멀리 사라져 버렸다. 동틀 무렵 책을 가지고 와 보니 놀랍게도 그것은 이미 사라진 《태공병법》 진본이었다. 장량은 밤낮으로 그 책을 읽어 나중에 전략에 능통한 군사 전문가가 되었다.

● 圯下拾履 ●

良嘗閑從容步游下邳圯上　有一老父　衣褐　至良所
直墮其履圯下　顧謂良曰　孺子　下取履　良愕然　欲
毆之　爲其老　強忍　下取履　父曰　履我　良業爲取履
因長跪履之　父以足受　笑而去　良殊大驚　隨目之
父去里所　復還　曰　孺子可敎矣　後五日平明　與我
會此　良因怪之　跪曰　諾　五日平明　良往　父已先在
怒曰　與老人期　後　何也　去　曰　後五日早會　五日
鷄鳴　良往　父又先在　復怒曰　後　何也　去　曰　後五
日復早來　五日　良夜未半往　有頃　父亦來　喜曰　當
如是　出一編書　曰　讀此則爲王者師矣　後十年興
十三年孺子見我　濟北谷城山下黃石卽我矣　遂去
無他言　不復見　旦曰視其書　乃太公兵法也　良因異
之　常習誦讀之

《史記》,〈留侯世家〉

66

[풀 이] 진나라말에 농민 전쟁이 일어났을 때 유방의 중요한 모신이었던 장량은 한 왕조의 건립과 새로운 중국 통일 과정에서 중요한 역할을 담당했다. 다리 아래서 신발을 주워 준 것이 그런 그의 평생 사업의 기점이 된 것이다. 황석 노인은 장량을 시험하면서 공경, 수신, 인욕, 근면 따위의 장량의 훌륭한 점을 몇 가지 발견했다. 이는 대업을 성취하는 데 필요한 성격과 소질이다. 생활의 좌절이나 굴욕과 역경이 전적으로 나쁜 것만은 아니다. 그런 것들도 사람의 의지를 배양하여 굳센 성격을 빚어낸다. '다리 아래서 신발을 주워 준' 이야기가 성격 형성과 수양의 모범이 되었다는 사실은 위대한 시인 이백이 장량을 칭찬한 다음과 같은 시를 통해서도 알 수 있다. "나는 다리 위에 올라 영웅을 회고하고 흠모한다."

13 바라는 건 왜 그리 많은지

　위왕 8년에 초나라가 제나라를 침범했다. 제나라 왕은 순우곤(淳于髡)을 조나라에 보내 구원을 요청하려 하면서 황금 100근과 수레 10량을 출병의 교환 조건으로 가지고 가도록 했다. 순우곤이 하늘을 바라보며 껄껄 웃자 왕이 물었다. "물건이 적어 불만이오?" 순우곤은 웃음을 겨우 참으면서 대답했다. "어떻게 감히 적다고 불평하겠습니까?" 왕이 다그쳐 물었다. "그러면 왜 웃소?" 순우곤이 대답했다. "오늘 조정으로 올 때 들을 지나다가 한 농부가 길가의 논에 꿇어 앉아 있는 걸 보았습니다. 그는 작은 돼지 발과 술 한 병을 놓고 빌고 있었습니다. '토지 나으리. 당신이 도와주시어 오곡이 창고에 가득 차고 돼지와 소가 우리에 가득 차고 금과 은이 궤짝에 가득 차고 자손이 집안에 가득 차도록 도와주십시오.' 그가 차린 것은 그렇게도 보잘 게 없는데 입으로 요구하는 것이 너무나도 호사스러운 것이라서 생각할수록 웃음이 나옵니다." 왕은 그 말을 듣고 몹시 부끄러워하며 많은 황금과 백옥 10쌍, 수레 100냥으로 늘려 주었다. 순우곤은 이것들을 가지고 조나라에 갔다. 조나라에서는 즉시 정병 10만 명과 전차 1천 량을 동원했다. 초나라는 이 소식을 듣고 급히 한밤중에 철수하고 말았다.

●所求何奢●

威王八年　楚大發兵加齊　齊王使淳于髡之趙　請救
兵　齎金百斤　車馬十駟　淳于髡仰天大笑　冠纓索絶

王曰 先生少之乎 髡曰 何敢 王曰 笑豈有說乎 髡
曰 今者臣從東方來 見道傍有禳田者操一豚蹄 酒
一盂 祝曰 甌窶滿篝 汙邪滿車 五穀蕃熟 穰穰滿
家 臣見其所持者狹而所欲者奢 故笑之 於是 齊威
王乃益齎黃金千鎰 白璧十雙 車馬百駟 髡辭而行
至趙 趙王與之精兵十萬 革車千乘 楚聞之 夜引兵
而去

《史記》,〈滑稽列傳〉

풀 이 소망은 자기 노력과 맞아야 하고 계획은 현재의 조건과 부
합되어야 한다. 힘을 전혀 들이지 않거나 조금밖에 들이지 않으면서
숭고한 이상이나 청사진을 하루 아침에 갑자기 실현하려는 것은 '가
진 건 적은 데' '바라는 건 많은' 공상일 확률이 크다.

14 지혜로운 할머니

　어떤 집안의 며느리가 지혜롭고 인정이 있어 마을의 할머니들과 아주 사이가 좋았다. 어느 날 저녁 부뚜막에 놓아 둔 돼지고기가 보이지 않자 시어머니는 며느리를 의심하여 화를 내면서 친정으로 쫓아 보내려 했다.

　다음날 새벽 며느리는 보따리를 안고 마을 밖으로 나가 시집을 향해 작별을 고했다. 모두들 이 이야기를 듣고 불평을 했다. 그 가운데 한 할머니가 말했다. "자네는 천천히 가게. 자네 시어머니가 몸소 달려와 돌아오라고 하게 해줄 테니."

　이 할머니는 떨어진 베조각을 뭉쳐들고 그 집으로 가서 불을 빌리러 온 척하면서 시어머니에게 말했다. "어젯밤 개 두 마리가 어디서 물고 왔는지 고기 조각을 물고 우리 대문 앞에서 서로 먹으려고 다투더니 결국 한 마리가 물려 죽고 말았지 뭡니까! 그래 우리 식구들이 개고기를 구워 먹었지요."

　그 말을 들은 시어머니는 순식간에 노기가 가라앉아 급히 며느리를 쫓아가 집으로 돌아오기를 간청했다.

●束縕討火●

臣之里婦　與里之諸母相善也　里婦夜亡肉　姑以爲
盜　怒而逐之　婦晨去　過所善諸母　語以事而謝之
里母曰　女安行　我今令而家追女矣　卽束縕請火於
亡肉家　曰　昨暮夜　犬得肉　爭鬪相殺　請火治之　亡

肉家遽追呼其婦

《前漢書》,〈蒯通傳〉

[풀 이] 사실은 웅변보다 낫다. 상대를 설득할 때 가장 효과적인 방법은 말을 많이 하는 것이 아니라 사실을 보여주는 것이다. 이 이야기에서 할머니는 바로 이러한 방법을 써서 여러 말 하지 않고 며느리가 고기를 훔쳤다는 시어머니의 전혀 근거 없는 의심을 없애 주었다. 두 마리 개가 고기를 먹으려고 다투었다는 것은 사실이 아니라 허구지만 이 허구는 사실을 기초로 한다. 며느리는 고기를 훔치지 않았고, 이웃과 사이가 좋아 그녀가 절대로 물건을 훔칠 사람이 아니라는 것을 모두가 믿고 있었기 때문이다.

15 이웃집의 화재

어떤 집 부엌의 굴뚝이 똑바로 되어 있어서 밥을 지을 때면 불꽃이 튀어나오곤 했다. 게다가 곁에는 장작까지 잔뜩 쌓여 있었다. 어떤 사람이 그것을 보고 주인에게 말했다. "아주 위험합니다. 굴뚝을 굽게 만들고 땔나무를 멀리 옮기는 것이 상책이오. 그렇지 않으면 불이 날지도 모르겠군요." 주인은 그 사람의 의견에 들은 척도 하지 않았다.

오래지 않아 정말로 불이 났는데 다행히도 이웃의 도움으로 겨우 불을 끌 수 있었다.

그 후 주인은 돼지와 양을 잡고 술자리를 마련해 불끄느라 도와 준 이웃들을 위로했다. 그 가운데서 머리칼을 태우고 이마를 덴 사람은 상석에 모시고 나머지도 차례대로 모셨다. 그러나 주인에게 화재에 대비하라고 권했던 사람은 진작에 잊혀졌다.

●失火人家●

臣聞客有過主人者　見其竈直突　傍有積薪　客謂主人　更爲曲突　遠徙其薪　不者且有火患　主人嘿然不應　俄而家果失火　隣里共救之　幸而得息　於是殺牛置酒　謝其隣人　灼爛者在於上行　餘各以功次坐　而不錄言曲突者

《前漢書》,〈霍光傳〉

[풀 이] 이 집 부엌에서 난 불은 불티가 굴뚝으로부터 나와 땔나무에 옮겨 붙은 것이기 때문에 결국은 아주 우연적인 사건이라 할 수 있다. 그러나 주인이 꼼꼼하지 않은 사람이어서 화재를 경고하는 합리적인 의견을 한 귀로 듣고 한 귀로 흘려 버렸기 때문에 불이 난 것이다.

사실, 모든 필연적 사건은 무수한 우연적 일을 통해서 나타난다. 우연적인 일이 필연적 사건에 길을 터주는 것이다. 따라서 우연 가운데서 필연을 발견하여 일이 앞으로 어떻게 발전할 것인지 미리 대비하여 적극적으로 조치해야 '재난을 미연에 방지하고 화를 미리 제거할' 수 있다. 그렇지 않으면 '머리를 태우고 이마를 데는' 지경에 이르러 '후회해도 늦을' 것이다.

失火人家

16 양상군자

　동한의 어느 해에 하남 지방에 심한 흉년이 들었다. 어느 날 한밤중에 도둑 하나가 진식(陳寔)의 집으로 숨어들어 대들보 위로 기어올라가고 있었다. 그것을 엿본 진식은 느긋하게 침대에서 일어나 자식들을 모두 거실로 불러들여 엄숙한 가르침을 내렸다. "사람은 어떤 상황에 처해 있더라도 자기를 이기려고 스스로 노력해야 한다. 나쁜 사람이란 천성이 나쁜 것이 아니라 습관이 되어 자제할 수 없게 된 사람이다. 저 대들보 위의 군자가 그런 사람이겠지."

　대들보 위의 좀도둑은 그 말을 듣고 놀랍기도 하고 부끄럽기도 해 허둥지둥 내려와 머리를 조아리고 용서를 빌었다. 그러자 진식이 타일렀다. "보아하니 자네는 나쁜 사람같지 않군. 반성하고 착한 행동을 하게. 가난 때문에 그렇게 된 것에 지나지 않으니까." 그러고는 흰 비단 두 필을 좀도둑에게 갖다 주도록 명령했다. 좀도둑은 연방 고맙다는 인사를 하고 떠나갔다. 이로부터 그 지방에서는 도둑이 거의 생기지 않았다고 한다.

●梁上君子●

時歲荒民儉　有盜夜入其室　止於梁上　寔陰見　乃起
自整拂　呼命子孫　正色訓之曰　夫人不可不自勉　不
善之人未必本惡　習以性成　遂至於此　梁上君子者
是矣　盜大驚　自投於地　稽顙歸罪　寔徐譬之曰　視

君狀貌 不似惡人 宜深剋己反善 然此當由貧困 令
遺絹二匹 自是一縣無復盜竊

《後漢書》,〈陳寔傳〉

풀 이 진식이 '양상군자'를 잡는 방법은 아주 교묘하다. 도둑을
감화시키고, 자손들에게도 교훈을 주었기 때문이다. 그가 나쁜 사람은
천성이 나쁜 것이 아니라 환경이나 습관에 의해 그렇게 된 것이므로
교육으로 변화시킬 수 있다고 생각한 점이 정말로 중요하다.

공융(孔融)은 총명하고 민첩하여 '뛰어난 천재'로 소문이 났다. 열 살 되던 해에 아버지를 따라 서울에 갔을 때 손님들에 둘러싸여 칭찬을 받고 있었다. 나중에야 온 태중대부 진위(陳煒)가 그렇지 않다고 생각되어 말했다. "어린 시절 총명한 사람이 반드시 커서도 출중하라는 법은 없소." 곁에서 듣고 있던 공융이 기다렸다는 듯이 대답했다. "진선생 당신은 어린 시절에 아주 총명했던 게 틀림없군요."

● 大未必奇 ●

融幼有異才　年十歲　隨父詣京師 … 衆坐莫不嘆息
太中大夫陳煒後至　坐中以告煒　煒曰　夫人小而聰
了　大未必奇　融應聲曰　觀君所言　將不早慧乎

《後漢書》,〈孔融傳〉

풀 이　어린 시절 총명한 사람은 교육과 배양과 단련을 통해서 커서도 출중한 재목이 될 수 있다. 그러나 총명함만 믿고 교만해지고 오만해진다면 어떻게 될지 보장하기 어렵다. 왕안석이 쓴 《중영이라는 천재를 망친 이야기》가 이런 점을 잘 설명해 준다. 진위는 손님들이 모여 열 살된 아이의 총명을 과장하고 있을 때 찬물을 끼얹는 살풍경을 연출하지만 사실 그의 말에는 각성과 경각의 의미가 들어 있다. 그것이 과장만 하는 것보다는 아이에게 유익할 테니 말이다. 그런

데 공룡의 조롱은 기지를 뽐내고는 있지만 사실은 아주 작은 총명일 뿐이다.

데 공룡의 조롱은 기지를 뽐내고는 있지만 사실은 아주 작은 총명일 뿐이다.

18 깨진 그릇은 잊어버려라

동한 말 맹민(孟敏)이라는 사람이 하루는 시장에 가서 옹기 밥솥을 사오다 길에서 어쩌다 넘어지는 바람에 깨뜨리고 말았다. 맹민은 뒤도 돌아보지 않고 빨리 가버렸다.

그것을 본 곽태(郭太)가 이상해서 쫓아가 물었다. "당신의 옹기가 깨졌는데 왜 뒤도 안 돌아보고 가는 거요?" 맹민이 말했다. "옹기는 벌써 깨어졌소. 돌아본들 무슨 소용이 있겠소?"

> **● 破罐不顧 ●**
>
> 孟敏字叔達 鉅鹿楊氏人也 客居太原 荷甑墮地 不
> 顧而去 林宗(郭太字) 見而問其意 對曰 甑已破矣
> 視之何益
>
> 《後漢書》,〈郭太傳〉

[풀 이] 깨진 옹기를 아무리 다시 봐야 원래대로 되돌릴 수는 없지만 거기서 교훈을 얻어 깨뜨린 이유를 찾아내면 나쁜 일도 좋은 일로 변화시킬 수 있고 나중에 발생할지도 모르는 비슷한 잘못을 피할 수도 있다. 그러므로 조사를 해보는 것이 더 유용하다.

그러나 이미 일어나 버린 잘못에 매달려 앞으로 나아갈 용기를 잃는 것도 옳지 않다. 옹기를 깨뜨리고도 기가 꺾이지 않고 여전히 앞을 보고 나갔다는 점에서는 맹민도 옳은 것이다.

破甑不顧

 당연한 생각

  어느 해 조조(曹操)는 천자의 명을 받아 원소(袁紹)를 토벌하러 갔다. 몇 차례 피비린내 나는 싸움을 치르고 위나라 군대는 마침내 업(鄴) 성을 함락시켰다. 장병들은 성 안으로 뛰어들어 원소의 군사들을 살육하고 부녀자와 어린 아이들까지도 죽였다. 원소의 아들인 원희(袁熙)의 아내 견씨는 절세 미인이었는데 조조의 아들 조비가 일찌감치 군침을 흘리고 있던 터라 이 혼란을 틈타 몰래 자기 집에 데려다 두었다.

  이 사건을 전해 들은 공융은 조조에게 글을 올려 주나라 무왕이 상나라의 주(紂)를 칠 때 그의 애비인 달기(妲己)를 주공의 첩으로 보냈다는 옛날 이야기를 해주었다. 그는 이것으로 조조를 비웃어 줄 속셈이었다.

  그 말을 이해하지 못한 조조가 한참 후 그 이야기의 출전을 묻자 공융이 대답했다. "지금의 사정으로 추측해 보면 당연히 있을 법한 일입니다."

●想當然耳●

初 曹操攻屠鄴城 袁氏婦子多見侵略 而操子丕私納
袁熙妻甄氏 融乃與操書 稱武王伐紂 以妲己賜周公
操不悟 後問出何經典 對曰 以今度之 想當然耳

《後漢書》,〈孔融傳〉

[풀 이] 이것이 '당연히 있을 법한 일'이라는 성어의 출전인데, 그 의미는 사실 무근의 상상이나 억측에 근거하여 경솔하게 판단내리는 것을 말한다. 이런 것은 주관적 견해이다. 이런 방법으로 남을 추켜올리려다가 허튼 소리를 하게 되고, 남을 바로잡으려다가 '근거없다'는 말을 듣게 되고, 일을 하려다가 어지럽히고 만다. 결국 '당연히 있을 법한 일'이라는 것은 방법을 중시하는 실사구시의 과학적 태도와는 양립할 수 없다. 무왕이 달기를 주공에게 주었다는 이야기를 꾸며 조조의 아들이 멋대로 견씨를 빼앗은 일을 조롱하려 한 공융의 이야기는 주관에 속하는 것이 아니라 암묵적인 풍자이므로 후인들의 확대해석과는 구별되어야 할 것이다.

20 요동의 흰 돼지

옛날 요동 지방에서는 까만 돼지만을 기르고 있었다. 그런데 어떤 집에서 기르던 어미 돼지가 흰 머리 돼지를 낳는 희한한 일이 일어났다. 사람들은 그것이 좋은 징조라 여기고 그 흰 머리 돼지를 왕에게 바치기로 했다. 이리하여 새끼돼지를 데리고 북을 치고 징을 울리며 수도로 향했다. 하동 지방에 이르렀을 때 거기서 기르는 돼지들은 다 흰 머리인 것을 보게 되었다. 모두들 어리둥절 서로 바라만 보다가 깃발을 내리고 북치기를 멈추고 부끄러워 어쩔 줄 몰라 하며 되돌아갔다.

●遼東白豬●

往時遼東有豕　生子白頭　異而獻之　行至河東　見群豕皆白　懷慚而還

《後漢書》,〈朱浮傳〉

풀 이　요동 사람들은 고루하고 식견이 좁아 어리석은 짓을 하게 되었지만 '부끄러움을 느끼며 되돌아갈' 줄 알았다. 실제로 자기가 남의 뒤에 처진 것을 알면서도 문을 닫아 걸고 허풍을 떨면서 눈을 감고 장님 같은 소리를 하는 것은 '요동의 흰 돼지' 이야기보다 더 가소롭다.

21 사사로운 정과 공정한 법

　한나라 순제 때 소장(蘇章)이 기주의 자사로 임명되었다. 사건을 검토하던 그는 거액의 뇌물을 받은 청하 태수가 있음을 발견했다. 청하 태수는 전부터 친하게 지내던 그의 친구였다. 어느 날 저녁 소장은 술과 안주를 마련해 놓고 그 친구를 초청했다. 두 사람은 옛정을 회고하면서 아주 즐겁게 술을 마셨다. 청하 태수는 소장이 자신의 범죄에 대해 어떤 태도를 취할지 그동안 조마조마했었는데 그제서야 돌덩이를 내려 놓은 듯 안도의 한숨을 쉬며 말했다. "사람들의 머리 위에는 푸른 하늘이 하나 있을 뿐이지만 내 머리 위에는 푸른 하늘이 둘이 있다네." 소장은 정색하며 말했다. "오늘 밤 내가 자네를 청한 것은 오로지 개인적인 우정을 다하려는 것이네. 내일 기주 자사로서 사건을 처리할 때는 공정하게 법대로 집행할 걸세."

　다음날 소장은 정식으로 법정을 열고 그를 법에 따라 심판했다.

●私恩與公法●

順帝時　遷冀州刺史　故人爲淸河太守　章行部案其
奸臧　乃請太守　爲設酒肴　陳平生之好甚歡　太守喜
曰　人皆有一天　我獨有二天　章曰　今夕蘇孺文與故
人飮者　私恩也　明日冀州刺史案事者　公法也　遂擧
正其罪

《後漢書》,〈蘇章傳〉

[풀 이] 이 고사에서 청백리와 탐관 오리라는 두 종류의 관리의 모습을 볼 수 있다. 친구끼리 술을 마시면서 즐거워 하는 것은 무방하지만, 한 사람은 다행히 죄를 면했다고 자만하며 아첨하는 관리의 추태를 드러내고 있고, 또 한 사람은 공평 무사하여 준엄하게 법을 집행하는 엄정한 입장을 보인다. 관리들이 서로 보호하며 사사로운 이익을 도모하고 폐단을 일으키던 봉건 사회에서 소장의 정신은 아주 고귀한 것이다. '탐관 오리가 청백리보다 좋다'고 누가 말했던가? 소장처럼 청렴한 관리는 칭찬받을 만하다.

22 | 남편 가르치기

낙양자(樂羊子)는 젊었을 적에 집안이 몹시 가난해 언제나 먹을 것이 없었다. 어느 날 양자가 길거리에서 금덩이를 주워 가지고 즐겁게 돌아와 아내에게 건네주자 아내는 정색을 하며 말했다. "지조 있는 사람은 우물물조차도 몰래 마시지 않고, 청렴한 사람은 던져 주듯 주는 음식은 먹지 않는다고 합니다. 그런데 주운 재물로 자기 행실을 더럽히려 하다니요?" 양자는 그 말을 듣고 부끄러워 당장 금을 내다 버렸다.

이 사건에서 큰 감명을 받은 양자는 집을 떠나 먼 곳으로 공부하러 갔다. 1년 후 그가 짐을 싸들고 집으로 돌아왔다. 몹시 놀란 아내가 영문을 묻자 양자가 웃으며 말했다. "오래 헤어져 있으니 당신 생각이 간절히 나지 뭐요." 그 말을 들은 아내는 정색을 하면서 칼을 가지고 와 방금 짠 베를 절반으로 잘라 버리며 말했다. "나는 쉬지 않고 한 올씩 베를 짜 겨우 네 필을 짰습니다. 오늘 내가 이걸 둘로 잘라 버린 건 전날의 공이 다 허사가 되고 말았다는 뜻입니다. 독서도 한 방울 물이 모여 강이 되는 것과 같습니다. 언제나 자기가 아직 충분히 배우지 못했다고 느껴야 비로소 성공할 수 있습니다. 당신이 중간에 돌아왔으니 내가 절단해 버린 베 꼴이군요."

이 말에 깊이 감동된 양자는 즉시 집을 떠났다. 그는 꼬박 7년 동안 집에 돌아오지 않고 열심히 책을 읽었다.

河南樂羊子之妻者　不知何氏之女也　羊子嘗行路
得遺金一餅　還以與妻　妻曰　妾聞志士不飮盜泉之
水　廉者不受嗟來之食　況拾遺求利　以汚其行乎　羊
子大慚　乃捐金於野　而遠尋師學　一年來歸　妻跪問
其故　羊子曰　久行懷思　無它異也　妻乃引刀趨機而
言曰　此織生自蠶繭　成於機杼　一絲而累　以至於寸
累寸不已　遂成丈匹　今若斷斯織也　則捐失成功　稽
廢時日　夫子積學　當日知其所亡　以就懿德　若中道
而歸　何異斷斯織乎　羊子感其言　復還終業　遂七年
不返

《後漢書》,〈列女傳〉

풀　이　이 이야기는 '옛날에 맹자의 어머니가 이웃을 가려 살았고
아들이 공부하지 않으면 베틀의 북을 절단했던' 것과 비슷하다. 옛사
람들이 학습법을 베의 연속성에 비유한 것은 아주 구체적이고 명확한
비유이다. 실천을 통해 감성적 경험을 누적시켜야 비로소 그것을 이
론적 사유로 끌어올릴 수가 있다. '실천, 인식, 재실천, 재인식'이라는
무한히 이어지는 순환의 과정에서는 어떤 단절도 학습에 손실을 준
다. '책 산에는 길이 있으니 부지런한 것이 지름길이다. 배움의 바다
에는 끝이 없으니 고통스럽게 배를 저어가야 한다.' 어려움을 참고 꾸
준히 공부해야만 바라는 바를 이룰 수 있다.

초나라 위왕은 송옥(宋玉)을 아주 총애했지만 송옥에 관한 많은 추문을 들어야만 했다. 어느 날 그가 송옥에게 물었다. "선생은 자기 단속을 하지 않는 부분이 많은 것 같소. 그렇지 않다면 왜 백성들이 모두 당신의 나쁜 점을 말하겠소?"

송옥은 급히 머리를 조아리며 말했다. "맞습니다. 그런 일이 있었지요. 왕께서는 저의 죄과를 이해하셔서 사실대로 말하게 해주십시오. 어떤 가수가 늘 영도 성에서 노래를 불렀답니다. 처음에 그가 부른 노래는 '하리파인'(下里巴人)이었습니다. 따라 부른 사람이 몇천 명이었지요. 그 다음에 부른 노래는 '양릉채미'(陽陵采薇)였습니다. 따라 부른 사람은 겨우 수백 명이었죠. 그가 '양춘백설'(陽春白雪)을 부르자 모두들 이해하지 못하고 따라 부른 사람도 여남은 명에 지나지 않았답니다. 마침내 그가 억양이 변하는 어려운 노래를 부르자 사람들은 어안이 벙벙했지요. 결국 따라 부른 사람이 몇 명밖에 안 됐답니다. 곡조가 고상할수록 따라 부르는 사람도 점점 줄어드는가 봅니다."

●曲高和寡●

楚威王問於宋玉曰　先生其有遺行邪　何士民衆庶不譽之甚也　宋玉對曰　唯　然有之　願大王寬其罪　使得畢其辭　客有歌於郢中者　其始曰下里巴人　國中屬而和者數千人　其爲陽陵采薇　國中屬而和者數百人　其爲陽春白雪　國中屬而和者數十人而已也　引

商刻角　雜以流徵　國中屬而和者不過數人　是其曲
彌高者　其和彌寡

《新序》,〈雜事第一〉

풀 이 '곡조가 고상할수록 따라 부르는 사람이 적다'는 것은 음
악의 조예나 수준으로 말하면 조금도 이상할 게 없는 이야기다. 그러
나 이러한 예를 이용하여 자기 결점과 남에게서 받는 비난을 변호하
는 것은 궤변에 가깝다. 저 혼자 고고한 사람은 남의 호평을 받지 못
할 때 '곡조가 고상할수록' 어쩌고 하면서 비난을 면하려 한다. 그러
나 사람들의 눈을 속일 수는 없다. "남이 자기를 알아 주지 않을까
걱정하지 말고 내가 남을 못 알아볼까 걱정하라"는 공자의 말이 오히
려 더 그럴 듯하게 들린다.

24 용을 좋아한 사람

　　섭공은 용을 좋아하는 괴상한 취미를 가지고 있었다. 집안의 대들보, 기둥, 문, 창 등에는 용의 무늬가 새겨져 있었고 벽과 담에도 생동하는 용의 모습이 그려져 있었으며 옷이나 커튼에도 용이 수놓아져 있었다.

　　섭공이 용을 좋아한다는 소문을 들은 용이 그의 집을 방문했다. 용이 머리를 디밀고 창문을 넘어 안으로 들어오자 꼬리가 거실에까지 드리워졌다. 진짜 용을 본 섭공은 혼비백산하여 밖으로 달아나 버렸다.

●葉公好龍●

葉公子高好龍　鈎以寫龍　鑿以寫龍　屋室雕文以寫龍　於是夫龍聞而下之　窺頭於牖　施尾於堂　葉公見之　棄而還走　失其魂魄　五色無主

《新序》,〈雜事第五〉

[풀 이] 알고 보니 섭공이 좋아한 것은 진짜 용이 아니라 용의 허상이었다. 그는 말로만 용을 좋아했을 뿐 사실은 두려워한 것이다. 본래 명성은 사실과 일치해야 하는데 섭공에게서는 어긋나고 말았다. 진짜 용이 출현하자 용을 두려워하는 본질을 금방 드러냈던 것이다.

葉公好龍

25 큰 날개털과 부드러운 가슴털

강을 건너던 진나라 평공이 뱃머리에 서서 출렁이는 푸른 물결과 그림 같은 강산을 바라보면서 길게 탄식했다. "아, 어떻게 해야 어진 사람을 만나 이 즐거움을 함께 감상할꼬?" 곁에서 배를 젓고 있던 사공 고상(固桑)이 말했다. "군주께서는 지나친 말씀을 하고 계십니다. 용천이라는 보검이 오월에서 생산되고 영사라는 구슬이 강한에서 나며 화씨의 구슬은 곤산에서 나는데 이 세 가지 보물은 군주께서 필요하다고만 생각하시면 얻을 수가 있습니다. 군주께서 진짜로 인재를 아끼신다면 어진 사람들이 오지 않을 리 있겠습니까? 말로만 그러시는 게 아닌지 모르겠습니다."

"뭐라고? 내가 인재를 사랑하지 않는다고?" 화가 난 평공이 말했다. "우리 집에서는 식객을 3천 명이나 거두고 있다. 아침에 양식이 충분하지 않으면 저녁에는 세금을 거둬들여 그들이 편히 지내도록 하기 위해 애를 쓴다. 그런 내가 인재를 아끼지 않는다니!"

"마땅히 그러셔야지요." 뱃사공이 말했다. "군주께서는 기러기를 보셨는지 모르겠습니다. 기러기는 온몸이 털로 덮여 있지만 하늘을 박차고 높이 날 때 의지하는 건 깃털 위에 난 단단한 큰 깃털 몇 개뿐입니다. 가슴이나 등에 난 두텁고 부드러운 털들은 소용이 없습니다. 그렇지 않습니까?"

평공이 머리를 끄덕이자 사공은 잔잔히 웃으며 물었다. "그렇다면 당신의 3천 명의 식객이 날개에 난 큰 깃털입니까, 아니면 가슴이나 등에 난 부드러운 털입니까?" 평공은 아무 말도 하지 못했다.

●巨翮與軟毛●

晋平公浮西河　中流而嘆曰　嗟乎　安得賢士與共此
樂乎　船人固桑進對曰　君言過矣　夫劍產於越　珠產
於江漢　玉產於昆山　此三寶者　皆無足而至　今君苟
好士　則賢士至矣　平公曰　固桑　來　吾門下食客三
千餘人　朝食不足　暮收市租　暮食不足　朝收市租
吾尙可謂好士乎　固桑對曰　今夫鴻鵠高飛衝天　然
其所恃者六翮耳　夫腹下之毳　背上之毛　增去一把
飛不爲高下　不知君之食客六翮邪　將腹背之毳也
平公默然而不應焉

《新序》,〈雜事第一〉

풀 이　진평공은 진정으로 인재를 사랑하는 것이 아니라 재능 있
는 사람을 아끼고 좋아한다는 명성만을 탐한 데 지나지 않는다. 이는
식객이 집안에 가득 차 걸핏하면 수천 명에 이르렀던 당시의 '선비
기르는' 기풍과도 관련이 있다. 그 가운데에는 인재도 적지 않았지만
이러한 분위기를 틈타 이름을 팔고 명예를 낚는 사람들이 많았던 것
이다.

　질과 양은 사물의 관건을 이룬다. 필요한 질과 양에 미치지 못하는
인재는 인재라고 할 수 없다. 또 숫자가 아무리 많아도 무슨 소용인
가? 인재를 선발할 때는 부족한 대로 놓아 둘지언정 아무나 마구 쓰
지 않겠다는 원칙이 있어야 한다. 구체적으로 말하면 큰 날개털과 부
드러운 가슴털의 관계를 잘 처리해야 한다는 것이다.

26 털외투를 뒤집어 입다니

위나라 문후가 어느 날 놀러 나갔다가 털이 안으로 향하고 가죽이 밖으로 나오게(예전에는 털외투를 입을 때 털이 밖으로 나오도록 입었다) 털외투를 뒤집어 입고 짚더미를 지고 가는 행인을 보았다. 문후가 그에게 물었다. "너는 왜 외투를 뒤집어 입고 짚더미를 지고 있느냐?" 그 사람이 대답했다. "외투의 털을 아끼기 때문입니다." 그러자 다시 문후가 말했다. "하지만 가죽이 상하면 털이 오래 갈 리가 없을 텐데."

●反裘負薪●

魏文侯出游　見路人反裘而負芻　文侯曰　胡爲反裘而負芻　對曰　臣愛其毛　文侯曰　若不知其裏盡而毛無所恃耶

《新序》,〈雜事第二〉

풀 이　털은 가죽 위에 붙어 있는 것이므로 가죽이 상하면 털도 오래 갈 수가 없다. 이 비유로 개인과 사회의 관계를 설명해도 좋을 것이다. 개인의 이익이 정말로 중요하기는 하지만 사회의 이익도 함께 고려해야 한다. 사회의 이익이 없으면 개인의 이익도 있을 수 없기 때문이다. 사회의 이익은 '가죽'이고 개인의 이익은 '털'이다. 가죽이 없는데 털이 어디에 붙어 있겠는가?

27 머리 둘 달린 뱀을 죽인 아이

　손숙오(孫叔敖)가 아주 어렸을 적에 놀러 나갔다가 머리 둘 달린 뱀이 기어가고 있는 것을 보았다. 그는 머리 둘 달린 뱀을 보기만 해도 커다란 화를 입는다는 이야기를 들은 적이 있었으므로 급히 돌을 주워 그 뱀을 때려 잡아 먼 들판에 묻었다.

　손숙오는 집으로 돌아와 어머니의 옷자락을 잡고 울기 시작했다. 어머니가 이상해서 까닭을 묻자 그가 말했다. "조금 전에 머리 둘 달린 뱀을 보았어요. 저는 죽을 거예요. 다시는 어머니를 보지 못할 겁니다." 어머니가 급히 물었다. "그 뱀이 지금은 어디 있니?" "남이 볼까봐 죽여서 묻어 버렸어요." 어머니는 기뻐하며 그의 머리를 쓰다듬으며 말했다. "걱정하지 마라, 아가. 넌 안 죽을 거야. 좋은 일을 했으니까 하늘이 네게 좋은 보답을 해주겠지." 나중에 손숙오는 초나라의 영윤이라는 가장 높은 지위에 올랐고 백성들로부터 추앙받았다.

●埋兩頭蛇●

孫叔敖爲嬰兒之時　出游　見兩頭蛇　殺而埋之　歸而泣　其母問其故　叔敖對曰　吾聞見兩頭之蛇者死　嚮者吾見之　恐去母而死也　其母曰　蛇今安在　曰　恐他人又見　殺而埋之矣　其母曰　吾聞有陰德者　天報以福　汝不死也　及長　爲楚令尹　未治　而國人信其仁也

《新序》,〈雜事第一〉

[풀 이] 여기에는 동기와 결과의 관계라는 문제가 있다. 어린 손숙오는 천진하게도 머리 둘 달린 뱀을 보면 죽는다는 것을 믿고 뱀을 죽여서 묻었다. 그가 좋은 일을 한 동기는 자기를 위한 것이 아니라 남을 염려해서였다. 자기는 분명히 죽을 것이라 여겨 집으로 돌아와 울었던 데서 그 사실을 알 수 있다. 그러나 동기와 결과가 일치할 때도 많다. 동기도 좋고 결과도 좋다면 자기에게도 좋은 결과가 있을 수밖에 없다. 그의 어머니가 지적했던 것이 바로 이런 것이었다. 이것은 인과응보 따위의 미신이야기지만 매우 깊은 의미를 가지고 있다.

 큰 기러기와 닭

전요(田饒)는 포부를 가진 정치가인데 노나라 애공에게 온 지 여러 해가 되었지만 중용되지 못하고 겨우 자질구레한 잡일만 하라는 분부를 받았다. 어느 날 전요는 보따리를 등에 지고 애공을 찾아가 말했다. "이제 저는 떠나겠습니다."

애공이 놀라 물었다. "어디로 가려나?"

전요가 대답했다. "큰 기러기처럼 높이 나는 법을 배우러 갈까 합니다."

"그게 무슨 말인가?"

"군주께선 늘 닭들을 보시지요. 닭머리에는 벼슬이 있으므로 문(文)이 있다고 하고 긴 다리를 보고는 무(武)가 있다고 하고 적 앞에서 용감히 싸우므로 용(勇)이 있다고 합니다. 먹을 것을 보면 서로 부르므로 인(仁)이 있다고 하고 날마다 정확하게 날이 밝는 걸 알려 주므로 신(信)이 있다고 합니다. 이렇게 닭은 다섯 가지 덕성을 갖추고 있지만 당신은 날마다 하루 세 끼 닭을 잡아 술을 마시면서 그것을 마음에 둔 적이 없습니다. 왜 그럴까요? 닭장이 가까이 있기 때문입니다. 큰 기러기는 천 리를 날아와 당신의 정원과 연못에서 쉬면서 당신이 기르는 물고기와 새우를 먹어치우고 백성들이 뿌린 곡식을 망쳐 놓기 일쑤이니 한 가지 덕도 갖추지 못했다고 할 수 있습니다. 그러나 군주께서는 오히려 큰 기러기를 좋아하여 잡는 걸 허용하지 않습니다. 왜 그러겠습니까? 기러기는 멀리서 날고 드물기 때문입니다. 저는 기러기처럼 높이 날고 싶습니다."

┌───┐
● 大雁與家鷄 ●

田饒事魯哀公　而不見察　田饒謂魯哀公曰　臣將去
君而鴻鵠舉矣　哀公曰　何謂也　田饒曰　君獨不見夫
鷄乎　頭戴冠者　文也　足傅距者　武也　敵在前敢鬪
者　勇也　見食相呼　仁也　守夜不失時　信也　鷄雖有
此五者　君猶日瀹而食之　何則　以其所從來近也　夫
鴻鵠一舉千里　止君園池　食君魚鼈　啄君菽粟　無此
五者　君猶貴之　以其所從來遠也　臣請鴻鵠舉矣

《新序》,〈雜事第五〉
└───┘

[풀 이] 쉬운 것을 소홀히 하고 어려운 것을 하려 하며, 새것을 좋아하고 헌것을 싫어하며, 가까운 데 있는 것을 버리고 먼 데 있는 것을 얻으려는 것이 인지상정이지만 그것을 인재 선발과 중용에 운용하면 정말로 야단이 난다. 애공과 같은 사람은 자기 눈 앞에 있는 인재는 보지 못하고 그들의 능력을 조금도 중시하지 않으며 가까이 있는 사람들을 격려해 주지 않는다. 그것은 항상 두 눈을 위로만 뜨고 두 손을 밖으로만 뻗어 밖에서 온 것만이 특별히 좋다고 하는 것과도 같다. 다시 말해 이런 것은 내용을 구하지 않고 이름만을 구하는 관료주의적 태도이다.

아들 국을 먹은 아버지

낙양(樂羊)은 위나라 명장으로 위나라 문후 38년(기원전 408년) 대군을 이끌고 조나라를 지나 중산으로 진격하여 그 수도를 철통같이 포위했다. 중산국에서는 버티기 어려움을 알고 성 안에 남아 있던 낙양의 아들을 붙잡아 꽁꽁 묶어 성문 위에 매달아 두고 낙양에게 사람을 보냈다. 아들의 처량한 울음 소리가 들려오자 군사들은 낙양을 바라보았지만 그는 태연히 전처럼 군대를 지휘하여 맹공격을 가했다.

중산왕은 다급하기도 하고 원망스럽기도 해 낙양의 아들을 잡아 고깃국을 끓여 낙양에게 보내 그의 결심을 바꾸고자 했다. 그러나 낙양은 슬퍼하지도 않고 오히려 태연히 국을 마셔 버리는 것이었다. 성을 공격하려는 낙양의 뜻이 굳은 것을 보고 중산의 민심은 더욱 어지러워졌다. 마침내 낙양은 중산을 공격해 이기고 문후를 위해 옛 장성 일대의 넓은 강토를 개척했다. 문후는 낙양에게 큰 상을 내리기는 했지만 의심을 품게 되었다. 그가 본성이 잔인하여 신임할 수 없는 사람이라 여겨졌기 때문이었다.

●樂羊食子●

樂羊爲魏將 以攻中山 其子在中山 中山懸其子示樂羊 樂羊不爲衰志 攻之愈急 中山因烹其子而遺之 樂羊食之盡一杯 中山見其誠也 不忍與之戰 果下之 遂爲魏文侯開地 文侯賞其功而疑其心

《說苑》,〈貴德〉

[풀 이] 본래 중산 사람이었던 낙양은 위나라에 투항하여 장군이 되어 문후가 중산국을 멸망시키는 것을 도왔다. 그가 아들의 고깃국을 먹은 것은 대의를 위해 자식도 돌아보지 않는다는 충성심을 보이려 했던 것이지만 결국은 반대의 결과를 가져 왔다. 이것은 무엇 때문일까?

사물의 발전에는 일정한 한계가 있어 그 한계를 넘으면 상황이 자기 소망과 반대가 되어 버리는 경우가 있다. 낙양이 아들 국을 먹은 것은 너무 지나쳤다. 문후의 입장에서 보면 그의 공이 아무리 커도 '인정과는 먼' 무서운 사람이므로 꺼리고 의심하지 않을 수가 없는 것이다.

 부엉이와 산비둘기

부엉이가 날아 가던 중에 산비둘기를 만났다. 그들은 잠깐 쉬면서 이야기를 나누었다.

"자네가 이렇게 바쁜 걸 보니 어디로 이사갈 준비를 하나 보지?" 산비둘기가 부엉이에게 물었다.

"동쪽 마을로 이사갈까 한다네."

"서쪽 마을이 자네 고향인데 왜 동쪽으로 가겠다는 건가?" 산비둘기가 또 물었다.

"사실은 서쪽 마을에서는 살 수가 없어. 여기 사람들은 내가 밤에 우는 걸 싫어한다네."

산비둘기가 충고했다. "자네 노랫소리야 정말로 듣기 싫지. 밤에 잠을 못 자게 하니까 모두들 싫어하는 거야. 그러나 자네가 목소리를 바꾸거나 밤에는 울지 않는다면 서쪽 마을에서도 전처럼 살 수 있을 걸세. 그렇지 않으면 동쪽 마을로 간다 해도 마찬가지로 자네는 미움을 받겠지."

●貓頭鷹和斑鳩●

梟逢鳩 鳩曰 子將安之 梟曰 我將東徙 鳩曰 何故
梟曰 鄉人皆惡我鳴 以故東徙 鳩曰 子能更鳴可矣
不能更鳴 東徙猶惡子之聲

《說苑》,〈叢談〉

[풀 이] 이 우화는 환경이 개인의 생각에 결정적인 영향을 미친다
는 것을 말해 준다. 자기의 품행은 남들의 의식 속에 반영되어 있다.
자기 품행이 좋지 않아 주위 사람들의 불만을 샀다면 자기를 단속해
야 한다. 그러므로 환경만을 탓하고 남에게 화를 내는 것은 완전히
잘못된 생각이다.

鷹鵰雁之類

31 비판해 주지 않는 사람

　고료(高繚)는 안영 밑에서 3년 동안 있었는데 시종 일관 조심하고 근신하였다. 어느 날 갑자기 안영이 그더러 떠나라고 말했다.

　안영의 좌우에 있던 사람들이 몹시 의아해 하며 물었다. "고료는 당신을 위해 3년이나 일했는데 여태까지 잘못한 일이 한번도 없었습니다. 그를 칭찬해야 할 판인데 사직시키려 하다니 너무 지나친 것 아닙니까?"

　안영이 말했다. "나는 쓸모없는 사람이다. 먹줄을 대면 곧게 되고, 도끼를 쓰면 깎이고, 대패를 쓰면 밀리는 사람이다. 그래야 비로소 유용한 기구가 될 수 있다. 그러나 고료는 어떤가? 그는 내 곁에 3년이나 있었는데 나의 잘못을 보고서도 여태 한번도 말해 주지 않았으니 나에게 무슨 도움이 되겠는가? 그러므로 떠나라고 한 것이다."

● 不說人之過 ●

高繚仕於晏子　晏子逐之　左右諫曰　高繚之事夫子
三年　曾無以爵位而逐之　其義可乎　晏子曰　嬰仄陋
之人也　四維之然後能直　今此子事吾三年　未嘗弼
吾過　是以逐之也

《說苑》,〈臣術〉

　풀 이　남과 함께 하고자 한다면 수시로 비평해 주고 도움을 주는

것이 좋다. 이 이야기에서 안영이 자기 결점이나 잘못을 지적해 주는 사람을 좋아했고, 무엇이든 옳다고만 하고 충고해 주지 않는 사람을 용납하지 않았다는 것을 알 수 있다.

사람은 신이 아니므로 결점이나 잘못이 있게 마련이다. 문제는 제 스스로는 자기 결점을 모른다는 것과 남의 지적을 거부한다는 것이다. 이런 것은 독단적인 횡포이고, 자기는 절대로 옳고 남의 의견은 조금도 옳지 않다고 생각하는 태도인데, '좋은 약이 입에는 쓰지만 병에는 좋고, 충직하고 바른 말이 듣기는 싫어도 행동에 이롭다'는 것을 모르는 것이다. 정직한 사람은 병을 두려워하면서 의사를 싫어해서도 안 되고, 오로지 '무골 호인'이 되어서도 안 되며, 용기있게 비평하고 스스로 반성해야 한다.

32 우공의 골짜기

제나라 환공이 포위망을 크게 치고 사냥을 하고 있었는데 사슴 한 마리가 포위망을 뚫고 뛰쳐나와 깊은 산을 향해 나는 듯 도망쳤다. 말을 몰아 추격하던 그가 이상한 돌이 우뚝우뚝 솟은 산골짜기로 들어갔을 때 갑자기 사슴이 사라져 버렸다. 환공은 말머리를 돌렸지만 되돌아가는 길을 찾을 수가 없었다. 이렇게 헤매고 있을 때 땔감을 지고 오는 백발 노인을 만났다.

"여보시오, 노인장." 환공이 불렀다. "이 골짜기 이름이 뭐요?"

노인이 짐을 내려 놓고 대답했다. "우공의 골짜기랍니다. "

"왜 그렇게 부르지요?"

"제가 평생 여기서 살았기 때문에 저의 이름을 따서 그렇게 부른답니다."

환공은 아주 이상해서 노인의 아래위를 훑어보며 말했다. "당신은 아주 총명해 보이는데 왜 우공이라 불리지요?"

노인이 대답했다. "이런 일이 있었습니다. 제가 기르던 어미소가 새끼를 낳았습니다. 저는 온갖 고생을 해가면서 중간 정도까지 길러 시장에 내다 팔고 대신 망아지를 사다 길렀습니다. 동네의 못된 젊은 이가 저희 집으로 뛰어와 말했습니다. '당신 집에서 기르는 건 어미소 인데 어떻게 망아지를 낳는단 말이오. 반드시 훔친 걸 게요.' 그러고 는 다짜고짜 망아지를 끌고 가 버렸습니다. 그 말을 들은 이웃 사람 들이 제가 너무 멍청하다고 '우공'이라 부르기 시작했답니다."

"그랬군요." 환공은 껄껄 웃으며 말했다. "당신은 정말 어리석었소.

어떻게 그렇게 순순히 망아지를 남에게 주어 버린단 말이오?"

노인은 대꾸도 하지 않고 곧장 가면 된다는 표시로 손가락으로 길을 가리켰다.

환공은 산골짜기를 벗어났다. 다음날 아침 조회 때 그는 이 재미있는 이야기를 관중에게 들려 주었다. 그 말을 들은 관중은 엄숙하게 얼굴빛이 변하면서 옷매무새를 바로잡고 땅바닥에 꿇어 엎드렸다. 환공이 영문을 묻자 관중은 침통하게 말했다. "그 노인은 조금도 어리석지 않습니다. 우리들 정치하는 사람들이 어리석은 것입니다. 요순 같은 임금이 위에 있고 법률과 제도가 엄격하다면 어떻게 남의 망아지를 빼앗아 가는 일이 일어날 수 있겠습니까? 그렇다면 그 노인도 자신의 망아지를 남에게 그냥 주지는 않았을 것입니다. 그런데 노인은 관리들의 부패가 심하고 형법이 문란하여 관청에 고소를 해도 소용이 없다는 것을 압니다. 따라서 망아지를 못된 녀석에게 줄 수밖에 없었던 것입니다. 왕께서는 법과 정치를 다시 정비하십시오."

●愚公之谷●

齊桓公出獵　逐鹿而走入山谷之中　見一老公　而問之曰　是爲何谷　對曰　爲愚公之谷　桓公曰　何故　對曰　以臣名之　桓公曰　今視公之儀狀非愚人也　何爲以公名　對曰　臣請陳之　臣故畜牸牛　生子而大　賣之而買駒　少年曰　牛不能生馬　遂持駒而去　傍隣聞之　以臣爲愚　故名此谷爲愚公之谷　桓公曰　公誠愚矣　夫何爲而與之　桓公遂歸　明日朝　以告管仲　管仲正衿再拜曰　此夷吾之愚也　使堯在上　咎繇爲理安有取人之駒者乎　若有見暴如是　叟者又必不與也公知獄訟之不正　故與之耳　請退而修政

《說苑》,〈政理〉

[풀 이] 이 노인을 바보라 여기는 사람들 속에는 환공도 포함된다. 이러한 현상을 통해 당시 사회에 만연된 '재판의 부정'을 간파하고 민정을 살펴서 자신을 반성한 관중의 정신은 정말로 고귀하다. 봉건 사회에서는 '위로는 법도가 없고 아래로는 법이 지켜지지 않았으므로' 백성들은 원한이 있어도 하소연할 곳이 없었고 이유가 있어도 말할 데가 없었다. 따라서 어리석은 것은 망아지를 빼앗긴 노인이 아니라 제나라의 정치가라는 관중의 답변은 깊은 반성을 하게 한다.

 왜 촛불을 밝히지 않는가

　어느 날 진나라 평공이 저명한 음악가인 사광(師曠)과 이야기를 나누고 있었다. 평공이 한숨을 쉬며 말했다. "나는 올해 벌써 일흔이 되었소. 공부를 몹시 하고 싶지만 이미 늦은 것 같소." 사광이 웃으며 말했다. "왜 촛불을 밝히지 않으십니까?" 평공이 침통한 표정으로 기분이 상해 말했다. "당신은 신하이면서 감히 나를 비웃을 수 있단 말이오?" 사광은 황급히 일어나 절하고 말했다. "제가 어찌 감히 군주를 비웃을 수 있겠습니까? 제가 듣기로는 소년 시절의 호학은 떠오르는 태양처럼 양기로 충만하고, 장년 시절의 호학은 한낮의 햇빛처럼 아주 강렬하고, 노년의 호학은 촛불의 불빛 같다고 합니다. 그러나 밝은 촛불을 가지고 길을 가는 것이 암흑을 더듬으며 맹목적으로 돌진하는 것보다는 낫지 않겠습니까?"

　그 말을 들은 평공은 고개를 끄덕이며 칭찬을 했다.

●何不炳燭●

晉平公問於師曠曰　吾年七十　欲學　恐已暮矣　師曠
曰　何不炳燭乎　平公曰　安有爲人臣而戲其君乎　師
曠曰　盲臣安敢戲其君乎　臣聞之　少而好學　如日出
之陽　壯而好學　如日中之光　老而好學　如炳燭之明
炳燭之明　孰與昧行乎　平公曰　善哉

《說苑》,〈建本〉

[풀 이] 배움이란 사람의 앞길을 밝히고 행동을 인도하기 위한 것이다. 여기서 사광은 '떠오르는 태양', '한낮의 햇빛', '촛불'로 배움의 중요성과 생애 전반에 걸친 배움의 세 단계를 아주 구체적으로 설명하고 있다.

늙은 사람은 정력과 기억력이 크게 감퇴하여 젊은 사람보다 배우는 데 더 많은 어려움이 있다. 그러나 강한 신념과 정신력이 있다면 어려움을 충분히 극복할 수 있을 것이다.

이제는 과학 문맹이나 기술 문맹, 지식 문맹이 통하지 않게 되었다. 나이가 많다고 배우지 않아서야 될 것인가? '촛불을 밝히고 가는 것과 캄캄한 길을 그냥 가는 것 중 어느 것이 더 나은가' 스스로에게 물어 보아야 할 것이다.

34 촛불을 끄고 갓끈을 끊어라

초나라 장왕이 전쟁에서 승리하고 나서 성대한 연회를 베풀고 문무 백관을 초대했다. 날이 어두워지고 바야흐로 주흥이 익어 갈 무렵 갑자기 센 바람이 불어 촛불이 꺼지자 순식간에 궁중은 칠흑같이 어두워졌다. 이 황당한 혼란중에 장왕이 가장 아끼던 궁녀는 누군가가 갑자기 자기 옷소매를 잡아당기는 것을 느꼈다. 한 차례 실랑이가 벌어지고 그녀는 그 사람의 갓끈을 잡아채 허둥지둥 장왕의 앞으로 달려가 말했다. "누군가 어둠을 틈타 저를 모욕하려 했습니다. 제가 그의 갓끈을 끊어 놓았으니 불이 밝거든 누구의 갓끈이 끊어졌는지 보아 혼내 주시기 바랍니다." 장왕이 말했다. "술은 내가 모두를 청해 마신 것이고 술에 취하면 실수를 하기도 하는 법이다. 그들을 나무랄 수는 없지. 내가 어떻게 너의 정절을 드러내기 위해 내 부하를 혼내줄 수 있단 말이냐." 그리고는 술잔을 들고 소리쳤다. "오늘은 내가 술을 마시자고 여러분을 청했소. 갓끈을 떼어 버리지 않는 사람은 끝까지 즐기지 못할 줄 아시오. 갓끈을 떼어 버리시오." 이리하여 100여 명의 대신들이 갓끈을 떼어 버린 다음 다시 환하게 불을 밝히고 취하도록 실컷 마시고 헤어졌다.

3년 후 진나라가 초나라를 침범했다. 장왕이 군대를 거느리고 적을 맞았는데 한 군관이 언제나 몸을 돌보지 않고 앞서서 적을 쳐부수는 것이었다. 그의 지휘 아래 병사들이 용감하게 돌격하여 진나라 군대를 차례로 물리쳤다. 장왕은 그 군관의 행동이 매우 이상하게 여겨져 그 군관을 말 앞으로 불러 물었다. "내가 평소에 너를 특별히 잘 대

우해 준 것도 아닌데 왜 이렇게 죽기 살기로 싸우는가?"

군관이 대답했다. "3년 전에 제가 술에 취해 실수를 범했을 때 군주께서 너그럽게 용서해 주셨습니다. 저는 줄곧 제 생명으로 당신의 은혜에 보답하고 죽는다 해도 아깝지 않다고 생각했습니다."

장왕은 생각이 잘 나지 않아 물었다. "네가 대체 누구란 말이냐?"

군관이 대답했다. "저는 궁녀에게 갓끈을 떼인 사람입니다." 그리고는 다시 진중을 뚫고 나가 용감하게 싸워 마침내 진나라 군대를 이겼다. 이 전쟁의 승리로 초나라는 강성해졌고 춘추 오패의 하나가 되었다.

● 滅燭絶纓 ●

楚莊王賜群臣酒　日暮酒酣燈燭滅　乃有人引美人之衣者　美人援絶其冠纓　告王曰　今者燭滅　有引妾衣者　妾援得其冠纓　持之　趣火來上　視絶纓者　王曰賜人酒使醉失禮　奈何欲顯婦人之節而辱士乎　乃命左右曰　今日與寡人飮　不絶冠纓者不歡　群臣百有餘人　皆絶去其冠纓而上火　卒盡歡而罷　居三年　晉與楚戰　有一臣常在前　五合五獲　首卻敵　卒得勝之莊王怪而問曰　寡人德薄　又未嘗異子　子何故出死不疑如是　對曰　臣當死　往者醉失禮　王隱忍不暴而誅也　臣終不敢以蔭蔽之德　而不顯報王也　常願肝腦塗地　用頸血湔敵久矣　臣乃夜絶纓者也　遂敗晉軍　楚得以强

《說苑》,〈復恩〉

풀이 잘못을 범한 사람을 징계하는 목적은 관대하거나 엄격하거나간에 '앞의 일을 징계하여 나중의 일에 대비하고, 병을 고치고 사람을 구하여' 모순을 좋은 방면으로 돌리는 데 있다. 너그럽게 처리하는 것은 표면적으로는 양보 같이 보이지만 실제로는 모순을 돌려 더욱 유리한 조건을 만들어 내는 것이므로 적극적인 처리라 할 수가 있다.

어떤 사람이 위나라 왕에게 이렇게 고자질을 했다. "혜시(惠施)는 비유를 사용하기 좋아합니다. 비유를 사용하지 못하게 한다면 아마 그는 아무것도 분명하게 말하지 못할 것입니다."

다음날 왕이 혜시에게 말했다. "이후로는 단순 명쾌하게 말하시오. 더 이상 비유 같은 걸 사용하지 말고 말이오." 혜시가 말했다. "지금 어떤 사람이 '활'이란 게 뭔지 몰라 이렇게 물었다고 합시다. '활'이 어떻게 생겼느냐고 말입니다. 그런데 '활'의 모양은 '활' 같다고 한다면 그가 분명히 알아들을 수 있을까요?"

왕이 고개를 저었다. "분명히 알아듣지 못할 거요."

"맞습니다. 만일 '활'의 모양이 휘었다거나 그것의 현이 대나무로 만들어졌다거나 일종의 탄알을 쏘는 도구라고 말한다면 그가 분명히 알아듣겠지요?"

왕은 고개를 끄덕였다. "분명히 알아들을 수 있을 거요."

"그러므로 비유를 쓰는 것은 이미 알고 있는 사물을 이용하여 모르는 사물을 쉽게 이해하도록 하는 것입니다. 저더러 비유를 쓰지 말라니 어떻게 그럴 수가 있단 말입니까?"

왕은 생각다 못해 말했다. "당신 말이 맞소."

● 惠施善譬 ●

客謂梁王曰　惠子之言事也　善譬　王使無譬則不能
言矣　王曰　諾　明日見　謂惠子曰　願先生言事則直

言耳　無譬也　惠子曰　今有人於此而不知彈者　曰
彈之狀何若　應曰　彈之狀如彈　則諭乎　王曰　未諭
也　於是更應曰　彈之狀如弓　而以竹爲弦　則知乎
王曰　可知矣　惠子曰　夫說者固以其所知　喩其所不
知　而使人知之　今王曰無譬　則不可矣　王曰　善

《說苑》,〈善說〉

 비유란 심오한 이치를 비교적 쉽게 이해할 수 있도록 구체적인 사물을 응용하여 설명하는 방법이다. 그러나 비유 자체가 사상의 정확한 내용을 전달할 수는 없다. 헤겔이 말한 것처럼 '비유가 올바르고 적절하게 사상을 전달할 수는 없는 것이다. 그것에는 언제나 다른 성질이 붙어 있기 때문이다.' 아무리 좋은 비유도 절름발이다. 따라서 비유를 사용할 때는 정확한 논리적 추리와 분석이 수반되어야만 말과 문장이 생동감 있고 치밀하고 엄밀하게 된다.

36 사마귀가 매미를 잡으려 할 때

오나라 왕은 초나라를 토벌할 준비를 하라고 대신들에게 통고하면서 이렇게 말했다. "감히 나를 막는 자는 용서 없이 목을 베겠다."

어떤 젊은 수행원이 정면으로 간언할 수도 없는 노릇이라서 어느 날 새벽에 활을 가지고 후원에서 사방을 두리번거리면서 왔다갔다하느라 옷을 흠뻑 적셨다. 이렇게 사흘 동안 계속했다. 그것을 발견한 왕이 아주 이상하게 여겨 그를 불렀다. "이리 오너라. 너는 왜 공연히 옷을 적시고 있느냐?" 그가 대답했다. "저는 재미 있는 사건을 관찰하고 있는 중입니다. 후원에는 나무가 있고 나무 위에는 매미가 있습니다. 그놈은 높은 데서 노래하기를 좋아하죠. 그러면서도 사마귀가 바로 자기 뒤에 숨어서 잡아 먹을 생각을 하고 있는 줄은 모릅니다. 사마귀는 허리를 굽히고 두 어깨를 들어 매미를 잡으려 하지만 참새가 살그머니 자기 뒤에서 잡아 먹으려고 군침을 흘리고 있는 줄은 모릅니다. 참새는 목을 뻗어 사마귀를 쪼지만 누군가가 나무 아래 서서 활을 들고 자기를 겨누고 있는 줄은 모릅니다. 이 작은 동물들은 눈 앞의 이익만 보고 자기 뒤에 숨어 있는 재앙을 보지 못합니다."

왕이 듣고 나서 웃으며 말했다. "아주 그럴 듯하군." 그러고는 즉시 군대를 철수시켰다.

● 螳螂捕蟬 ●

吳王欲伐荊 告其左右曰 敢有諫者死
舍人有少孺子者 欲諫不敢 則懷丸操彈 游於後園

露沾其衣 如是者三旦 吳王曰 子來 何苦沾衣如此
對曰 園中有樹 其上有蟬 蟬高居悲鳴飮露 不知螳
螂在其後也 螳螂委身曲附 欲取蟬 而不知黃雀在
其後也 黃雀延頸 欲啄螳螂 而不知彈丸在其下也
此三者 皆務欲得其前利 而不顧其後之有患也
吳王曰 善哉 乃罷其兵

《說苑》,〈正諫〉

풀이 '사마귀가 매미를 덮칠 때 참새가 뒤에 도사리고 있다'는
성어는 모순의 규율을 아주 구체적으로 설명하고 있다. 모든 사물의
내부에는 긍정과 부정이라는 두 측면이 있다. 이 두 측면이 서로 부
딪쳐 부정이 긍정을 이김으로써 지배적인 위치를 차지하여 사물의 질
에 변화를 일으킨다. 사물은 이렇게 복잡한 나선 식의 상승 운동을
하면서 유리한 것이 불리한 것을 미리 드러내기도 하고, 성공에 실패
가 감추어져 있기도 하다. 그러나 이러한 변화를 예측하기 어려울 때
도 있으므로 문제를 고려하고 사건을 처리할 때 앞뒤를 잘 살펴 전체
적으로 계획하고, 어떤 경향이 또 다른 경향을 은폐하고 있지는 않은
지 유의해야 한다.

 이는 없어져도 혀는 남아 있다

상종(常摐)은 노자의 스승이었다. 어느 해엔가 상종이 늙고 병들어 임종이 가까워졌을 때 그를 보러 간 노자는 스승의 손을 붙잡고 물었다. "선생님께서 돌아가실까봐 걱정입니다. 제게 하실 말씀이 없으신지요?"

상종이 천천히 대답했다. "그렇지 않아도 너에게 물어볼 것이 있었다." 그는 한숨을 쉬면서 물었다. "고향을 지날 때 수레에서 내려야 하는 것은 무엇 때문이지?"

"고향을 지날 때 수레에서 내리는 것은 옛 친구를 잊지 않으려 해서지요."

상종이 조용히 웃으며 말했다. "그렇다. 그렇다면 커다란 교목 곁을 지날 때는 잔걸음으로 걸어야 한다는 건 무슨 뜻이지?"

"그것은 노인과 어진 사람에 대한 존경을 표시하기 위해서지요."

"그래." 상종은 또 미소를 띠며 고개를 끄덕였다. 잠시 생각하고 나서 입을 벌리며 물었다. "봐라. 내 혀가 아직 있느냐?"

"있습니다."

"이는 있느냐?"

"하나도 없습니다."

상종이 물었다. "이게 무슨 뜻인지 알겠느냐?"

노자는 한참 생각하고 나서 말했다. "혀가 아직 있는 것은 유연하기 때문이겠지요. 이가 전부 **빠져** 버린 것은 강하기 때문이 아닐까요?"

상종은 노자의 팔을 어루만지며 감격스럽게 말했다. "됐다. 천하의 사정이나 처세나 사람을 대하는 도리가 다 여기에 있다. 더 이상 네게 말해 줄 것이 없구나."

●齒亡舌存●

常摐有疾 老子往問焉 曰 先生疾甚矣 無遺敎可以
語諸弟子者乎 常摐曰 子雖不問 吾將語子 常摐曰
過故鄕而下車 子知之乎 老子曰 過故鄕而下車 非
謂其不忘故耶 常摐曰 嘻 是已 常摐曰 過喬木而
趨 子知之乎 老子曰 過喬木而趨 非謂敬老耶 常
摐曰 嘻 是已 張其口而示老子曰 吾舌存乎 老子
曰 然 吾齒存乎 老子曰 亡 常摐曰 子知之乎 老
子曰 夫舌之存也 豈非以其柔邪 齒之亡也 豈非以
其剛邪 常摐曰 嘻 是已 天下之事已盡矣 無以復
語子哉

《說苑》,〈敬愼〉

풀 이 이 이야기는 '부드럽고 약한 것이 굳세고 강한 것을 이긴
다'는 노자의 학설을 비유를 들어 아주 요령있게 설명한 것이다. 그러
나 이것은 억지 비유이다. 왜냐하면 혀와 이 사이에는 '부드럽고 약한
것이 굳세고 강한 것을 이긴다'와 같은 필연적 관계가 없기 때문이다.
또 사람이 죽으면 혀는 곧 부패하지만 이는 오히려 더 오래 가는 것
을 어떻게 해석해야 되겠느냐고 되물을 수도 있다. 그러므로 '부드럽
고 약한 것이 굳세고 강한 것을 이긴다'는 것은 절대적이고 무조건적
인 것이 아니다. 그러나 발전의 관점에서 본다면 새로 태어난 부드럽
고 약한 것이 강하고 크지만 낡은 것을 이길 수가 있다. 또 이런 주장
에는 물러남을 나아감이라 하고, 뒤에 서는 것을 앞에 서는 것이라
하며, '남을 이기는 자를 폭력배라 하고 스스로를 이기는 자를 참으로
강한 사람이라고 한다' 따위의 군사 전략도 포함되어 있다.

 헤엄치기와 나라 다스리기

위(魏)나라의 재상이 죽었다는 말을 들은 혜시는 급히 위나라 수도인 대량(大梁)으로 달려가 재상 자리를 이어받을 준비를 했다. 그러나 도중에 배에 타려다 발을 헛디뎌 물에 빠졌는데 다행히도 뱃사공이 구해 주었다.

사공이 그에게 물었다. "보아하니 선생께서는 굉장히 급하신 모양인데 어딜 가시는 길입니까?"

혜시가 대답했다. "위나라에 재상 자리가 비었다기에 그 자리를 이어받으러 간다오."

사공이 말했다. "선생이 물에 빠졌을 때 보니 겨우 살려 달라고 소리만 지르더군요. 제가 아니었으면 선생은 아마 목숨까지도 잃었을 것입니다. 선생 같은 사람이 어떻게 한 나라의 재상이 될 수 있단 말입니까?"

혜시가 말했다. "노젓는 일이나 헤엄치는 일이라면 내가 당신보다 못하지요. 하지만 국가 대사를 다스리는 일이라면 나에 비해 당신은 아직 눈도 덜 뜬 강아지쯤일거요."

● 鳧水與治國 ●

梁相死　惠子欲之梁　渡河而遽墮水中　船人救之　船
人曰　子欲何之而遽也　曰　梁無相　吾欲往相之　船
人曰　子居船楫之間而困　無我則子死矣　子何能相
梁乎　惠子曰　子居艘楫之間　則吾不如子　至於安國

家 全社稷 子之比我 蒙蒙如未視之狗耳

《說苑》,〈雜言〉

[풀 이] 헤엄치기와 나라 다스리기는 원래 별개의 일이므로 개념의
내포와 외연도 완전히 다르다. 또 각기 특수한 규율과 해결되어야 할
특수한 모순을 가지고 있기 때문에 서로 다른 일에 종사하면 거기에
맞는 지식과 능력이 필요하다. 헤엄치지 못한다는 것에서 나라를 다
스리지 못할 것이라는 주장을 끌어내는 것은 논리를 어긴 것이고, 객
관 사물의 변증법에도 부합되지 않는 것이다.

 결점을 사랑하는 사람

윤작(尹綽)과 사궐(赦厥)은 조간자의 수하에서 비교적 세력 있는 대신들이었다.

한번은 조간자가 이렇게 말했다. "사궐은 나를 아주 사랑하는 사람이다. 그는 여태 사람들 앞에서 내 결점을 말하지 않았다. 윤작은 반대로 언제나 많은 사람들이 있는 데서 나를 비판했다." 곁에서 듣고 있던 윤작은 그 말에 수긍할 수가 없어 다음과 같이 말했다. "그 말은 옳지 않습니다. 사궐은 당신의 추악함을 사랑하기 때문에 당신의 결점을 보지 못합니다. 나는 당신의 결점을 마음을 두고 있기 때문에 고치라고 했던 것입니다. 나는 당신의 추악함을 결코 사랑하지 않습니다."

●愛好醜惡的人●

簡子有臣尹綽赦厥　簡子曰　厥愛我　諫我必不於衆
人中　綽也不愛我　諫我必於衆人中　尹綽曰　厥也愛
君之醜而不愛君之過也　臣愛君之過而不愛君之醜

《說苑》,〈臣術〉

[풀 이] 조간자는 자신의 결점을 보배처럼 여겨 병을 싫어하면서도 의사를 기피하는 격이므로 진정 추악함을 사랑한 사람이라고 할 수 있다. 과거의 통치자들은 자기 집단의 이익이 침해당할까봐 남이 자신

의 결점을 들추어 내는 것을 싫어했다. 공평무사한 사람만이 자신의
결점을 바로 보아 정확하게 남을 비평하고 스스로 반성할 수가 있다.

40 성현이 양을 기른다면

양주(楊朱)는 전국 초기의 철학자이다. 한번은 위나라 양왕을 만나서 나라 다스리는 일을 손바닥 위에 있는 물건을 움직이는 것처럼 자유 자재로 할 수 있다고 말했다.

왕은 코웃음을 치며 말했다. "당신은 자기 집안 식구도 잘 다스리지 못하고, 조그만 채소밭의 김도 다 매지 못하면서 국가 다스리는 일이 그렇게 쉽다고 할 수 있겠소? 무슨 묘책이라도 있단 말이오?"

양주는 조금도 당황하지 않고 말했다. "당연히 있습니다. 양을 기르는 것을 보셨겠지요? 몇 백 마리의 양떼가 양치기의 채찍 하나에 의해 방목됩니다. 동쪽으로 가라면 동쪽으로 가고 서쪽으로 가라면 서쪽으로 가지요. 그 때문에 양치기는 양을 기를 수가 있습니다. 이와 반대로 요임금이 앞에서 양 한 마리를 끌고 순임금이 뒤에서 채찍을 휘두른다면 두 사람이 아무리 현명해도 양 한 마리도 잘 관리할 수가 없을 것입니다. 이러는 데서 어지러움이 생겨나는 것입니다."

● 使堯舜牧羊 ●

楊朱見梁王　言治天下如運諸掌然　梁王曰　先生有
一妻一妾不能治　三畝之園不能芸　言治天下如運諸
手掌　何以　楊朱曰　臣有之　君不見夫羊乎　百羊而
群　使五尺童子荷杖而隨之　欲東而東　欲西而西　君
且使堯牽一羊　舜荷杖而隨之　則亂之始也

《說苑》,〈政理〉

[풀 이] 백성을 다스리는 것을 양치기가 가축을 기르는 것에 비유하는 것은 전제 제도하의 관리와 백성의 대립을 구체적으로 나타낸 것이지만, 양주의 말에는 지도자에게 시사해 주는 것이 있다.

양치기가 양떼를 잘 관리할 수 있는 것은 전문적인 기술을 가지고 있고, 양을 지휘하는 데 익숙하기 때문이다. 요임금과 순임금은 성인이기는 하지만 양을 기르는 데는 문외한이어서, 한 사람이 앞에서 끌고 다른 한 사람이 뒤에서 몰아도 일관된 지휘가 이루어지지 않기 때문에 한 마리의 양도 관리할 수 없다.

　옛날에 주(周)라는 지방에서 남루한 옷을 입은 한 노인이 길가에 주저앉아 통곡하고 있었다.

　행인이 그에게 물었다. "왜 그렇게 슬피 울고 계시나요?"

　노인이 대답했다. "내 운명이 너무나도 불행해서 그런다오. 머리칼이 백발이 되도록 한 번도 관리가 될 기회를 만나지 못했으니."

　행인은 아주 이상해서 물었다. "어떻게 한 번도 기회를 못 만났단 말입니까?"

　노인이 대답했다. "젊었을 적에는 글을 배웠소. 공부를 마치고 과거 준비를 하고 있었는데 그 시절에는 나이 든 사람이 존중을 받았지요. 젊은 사람은 아무리 학식이 있어도 무시했기 때문에 불운을 맞게 된 것입니다. 나중에는 군주가 새로 바뀌었는데 그는 무공을 숭상했소. 그래서 나도 글을 버리고 무예를 배웠지요. 배움이 이루어지기를 기다리다 보니 나이 들어 늙었소. 그 시절에는 또 젊은 사람을 중시하기 시작했다오. 늙은이는 아무리 무예가 출중해도 중용되지 않았소. 이렇게 왔다갔다하며 백발이 되도록 한 번도 기회를 못 만났지 뭐겠소? 아이고 하느님, 왜 이리도 사람을 괴롭힌단 말입니까?"

● 悲泣不遇 ●

昔周人有仕數不遇　年老白首　泣涕於塗者　人或問之　何爲泣乎　對曰　吾仕數不遇　自傷年老失時　是以泣也　人曰　仕奈何不一遇也　對曰　吾年少時　學

爲文　文德成就　始欲仕宦　人君好用老　用老主亡
後王又用武　吾更爲武　武節始就　武主又亡　少主始
立　好用少年　吾年又老　是以未嘗一遇

《論衡》,〈逢遇〉

풀　이　불우한 운명을 슬퍼하는 이 노인은 시대의 조류에 따라 공부한 결과 실패할 수밖에 없었다. 봉건 사회에서는 인재를 선발하고 등용할 때 통치자의 주관적 감정과 일시적 선택에 의해 어떤 때는 문장으로, 어떤 때는 무예로, 어떤 때는 늙은이로, 또 어떤 때는 젊은이로, 어떤 때는 자질에 따르고, 어떤 때는 추천에 따르는 등 일정한 제도나 엄격한 보장이 없었다. 이런 상황에서 얼마나 많은 인재가 매장되어 불우한 신세를 한탄했는지 모른다.

 한 구멍짜리 그물

참새떼가 날아오르려고 할 때 사냥꾼이 큰 그물을 넓게 펼쳐 나무 숲 아래로 던져 많은 새를 잡았다. 곁에서 자세히 보고 있던 어떤 사람이 그물 코마다 한 마리씩 걸려 있는 새를 보고 마음 속으로 생각했다. "저렇게 힘들일 필요가 어디 있담? 많은 그물코들을 같이 묶다니."

집으로 돌아온 그는 짧은 실을 가지고 작은 동그라미 매듭을 수없이 묶어 참새를 잡으러 갈 준비를 했다. 누군가가 물었다. "그걸 어디다 쓸 거요?" "참새 잡는 데 쓰지요. 한 구멍에 한 마리씩 꿰일 것입니다. 이런 그물이 크게 펼치는 복잡한 그물보다 훨씬더 간편하지 않겠소?"

●一個洞的網●

有鳥將來　張羅待之　得鳥者一目也　今爲一目之羅
無時得鳥矣

《申鑒》,〈時事〉

[풀 이] 그물이란 많은 그물코가 모여 이루어진 것이므로 각 그물코는 그물 전체와 뗄 수 없는 그물의 일부이다. 그물로 참새를 잡을 수 있는 것은 많은 그물코에 의해 그물이 하나의 전체로 맺어져 있기 때문이다. 새 머리는 확실히 각각의 그물코에 걸리지만 많은 그물코

가 하나로 연결되어 있지 않다면 각각의 그물는 쓸모가 없다.

　이 어리석은 사람은 개개의 고립된 그물코만을 보고 하나하나의 그물코가 서로 연결되어 있다는 것을 보지 못했다. 다시 말해 부분만을 보고 전체를 보지 못한 것이다. 이런 사람은 평생 가도 참새를 잡지 못할 것이다.

二十洞的圖

 물고기가 물을 얻은 듯

동한 말 조조(曹操)에게 여러 차례 쫓겨 의기소침해진 유비(劉備)는 유표(劉表)한테로 도망쳐 신야에 머물러 있을 수밖에 없었다. 그는 온종일 앙앙 불락하며 중원에서 천하를 도모할 생각을 했지만 세력이 약하고 주위에 계략을 가진 좋은 신하가 없어 고민스러웠다. 서서(徐庶)를 만나 천하의 형세에 대해 마음을 터놓고 이야기해 보니 말마다 도리에 맞았다. 유비는 그의 기량을 아주 중시하여 최고의 손님으로 대우했다.

"저는 평범한 사람에 지나지 않습니다." 서서가 말했다. "제게 제갈공명(諸葛孔明)이라는 친구가 있는데 줄곧 융중에 은거하고 있지만 세상일에 마음을 두고 있어서 사람들은 그를 '와룡'(臥龍)이라 부릅니다. 장군께서 한번 만나보십시오."

"좋습니다." 유비는 기뻐하며 말했다. "어서 그를 청해 오도록 하십시오."

"어떻게 그렇게 장군 편할 대로만 하십니까? 공명은 천하의 고상한 선비입니다. 장군께서 정말로 마음이 있으시다면 몸소 가셔서 만나야 할 것입니다."

그의 말이 다 온당하고 옳았으므로 유비는 '삼고 초려'(三顧草廬)하여 제갈량을 만나게 되었다. 두 사람은 띠풀 집에서 무릎을 맞대고 오랜 시간 대화를 나누었다. 제갈량은 형주를 점거하고 익주를 보태며 서남쪽 여러 종족들을 안정시키고 내정을 정비한 다음 손권(孫權)과 연합하여 기회를 기다리다 형주와 익주 두 길로 조조를 북벌하여 중국 통일을 도모하고 유씨의 제업을 회복한다는 계책을 논리 정연하게 주장했다. 이 한 번의 대화로 유비에게는 구름이 걷히고 해가 나타나는 것 같았으므로 이로부터 제갈량을 중요한 모신으로 삼았다. 두 사람은 날마다 밤이 깊도록 서로의 마음을 이야기하면서 아주 가깝게 지냈다.

관우와 장비는 그것이 몹시 못마땅하여 유비 앞에서 원망하는 기색을 드러냈다. 유비는 간절히 그들에게 말했다. "내가 공명을 얻은 것은 물고기가 물을 만난 것과 같네. 자네들이 대의를 생각해 더 이상 불평하지 말기 바라네." 관우와 장비는 그 말을 듣고 몹시 부끄러워 다시는 말썽을 부리지 않았다.

● 如魚得水 ●

時先主屯新野 徐庶見先主 先主器之 謂先主曰 諸葛孔明者 臥龍也 將軍豈願見之乎 先主曰 君與俱來 庶曰 此人可就見 不可屈致也 將軍宜枉駕顧之 由是先主遂詣亮 凡三往 乃見 … 於是與亮情好日密 關羽張飛等不悅 先主解之曰 孤之有孔明 猶魚之有水也 願諸君勿復言 羽飛乃止

《三國志》,〈蜀書〉,〈諸葛亮傳〉

풀 이 삼고 초려와 융중의 대책이라는 이 유명한 이야기는 어진 사람을 애타게 구하여, 물이 흘러가듯 선한 사람을 따르고 의심 없이 사람을 등용한 유비의 정치적 미덕을 말해 준다. 그러나 관우와 장비는 옹졸하게도 '불만'을 나타냈다. '사람을 얻으면 흥하고 사람을 잃으면 망한다'는 말이 있다. 물고기가 물을 얻듯, 천하의 삼분의 일을 차지했던 유비의 평생 사업의 기초가 여기서 세워졌다. 이것은 인재의 선발과 등용이 얼마나 중요한 것인가를 설명해 준다.

 코끼리 무게 달기

    동오의 손권이 조조에게 큰 코끼리 한 마리를 보냈다. 중원 일대의 사람들은 옛부터 이렇게 큰 동물을 본 적이 없었으므로 아주 신기해 했다. 조조는 이 큰 코끼리의 무게가 얼마나 되는지 몹시 알고 싶었지만 이렇게 무거운 것을 달 수 있는 저울이 없었으므로 어쩔 수가 없었다. 문무 백관을 소집하여 함께 상의했지만 머리를 쥐어짜도 뾰족한 방법이 나오지 않았다. 이때 조조의 여섯 살 난 아들 조충(曹沖)이 사람들을 비집고 나와 아버지에게 말했다. “그게 뭐 어려울 게 있나요? 먼저 큰 코끼리를 배에 태우고 물에 띄워 어디까지 잠기는지 표시해 둔 다음 코끼리를 끌어내고 돌덩이를 배에 채워 방금 표시했던 곳까지 잠기면 다시 돌덩이를 가져다 저울로 다는 거지요. 그러면 코끼리 무게를 계산할 수 있지 않겠습니까?” 그 말을 들은 조조는 뜻밖의 기쁨에 넘쳐 급히 아이가 말한 방법대로 시행하도록 명령했다.

● 大船秤象 ●

(曹沖)生五六歲　智意所及　有若成人之智　時孫權曾
致巨象　太祖(曹操)欲知其斤重　訪之群下　咸莫能
出其理　沖曰　置象大船之上　而刻其水痕所至　稱物
以載之　則校可知矣　太祖大悅　卽施行焉

《三國志》,〈魏書〉,〈武文世王公傳〉

[풀 이] 2200년 전 고대 그리스의 과학자인 아르키메데스는 가짜 왕관을 식별하기 위한 실험에서 부력의 원리를 발견했다. 그런데 일찍이 1800년 전 중국에서는 여섯 살 난 어린 아이가 뜻밖에도 부력의 원리를 이용하여 코끼리의 무게를 다는 어려운 문제를 해결했다. 무거운 것으로 배를 누르면 선체는 물 속으로 가라앉는다. 물체의 중량이 무거울수록 선체가 깊이 잠긴다는 것은 누구나 다 알고 있다. 조조의 신하들은 그러한 생각을 하지 못했는데 조충은 어떻게 그런 생각을 해냈는가? 조충은 작은 사물을 세밀히 관찰하고 분석하여 잘 판단했기 때문이다. 과학자들은 흔히 있는 현상의 배후에서 심오한 과학적 비밀을 발견하고 때로는 아주 평범하게 보이는 과학적 영역에서 중대한 돌파구를 찾아낸다. 그러나 조충은 애석하게도 일찍 죽었다. 그러지 않았더라면 위대한 과학자가 되었을 텐데 말이다.

삼국 시대 오나라의 군주인 손량(孫亮)은 매실을 아주 좋아했다. 어느 날 손량은 창고에 가서 꿀에 담근 매실을 가져오도록 환관에게 분부했다. 아주 맛있게 매실을 먹던 손량은 꿀 속에서 쥐똥을 발견했다. 모두들 놀라서 서로 바라보기만 하는데 태감(환관의 우두머리)이 급히 무릎을 꿇고 말했다. "이것은 창고지기가 소홀히 했기 때문일 것입니다. 그를 문책하십시오."

창고지기가 불려 오자 손량이 물었다. "조금 전에 태감이 너에게서 꿀을 가져갔지?" 창고지기는 떨면서 말했다. "꿀은 제가 주었지만 그때는 쥐똥이 전혀 없었습니다."

"거짓말 말아라." 태감은 창고지기의 코 끝을 가리키며 말했다. "쥐똥이 이미 꿀 속에 들어 있었는데 너는 군주를 속일 셈이냐?" 태감은 한 마디로 창고지기의 책임이라고 단정했고, 창고지기는 죽어도 그것을 인정하지 않고 태감의 짓이라고 주장했다. 두 사람은 지지 않고 다투었다.

시중인 조현과 장빈이 나서서 말했다. "태감의 말과 창고지기의 말이 다르므로 판결하기 어려우니 둘 다 감옥에 보내 같이 다스리는 것이 낫겠습니다."

손량은 사람들을 둘러보며 말했다. "이건 쉽게 알 수 있소." 그러고는 사람들이 보는 앞에서 쥐똥을 잘라 보도록 명령했다. 자세히 보니 쥐똥의 겉에만 꿀이 묻어 있고 안은 말라 있었다. 손량은 껄껄 웃으면서 말했다. "쥐똥이 오랫동안 꿀 속에 있었다면 안팎이 모두 젖어 있어야 하오. 그런데 쥐똥은 겉은 젖어 있고 안은 말라 있으니까 분명히 이제 막 들어간 것이오. 이건 틀림없이 태감의 잘못이오."

태감은 놀라 부들부들 떨면서 급히 무릎을 꿇고 이마를 땅에 조아리며 용서를 빌었고 주위의 사람들도 아주 놀랐다.

●鼠屎斷案●

亮後出西苑 方食生梅 使黃門至中藏取蜜漬梅 蜜中有鼠矢 召問藏吏 藏吏叩頭 亮問吏曰 黃門從汝求蜜邪 吏曰 向求 實不敢與 黃門不服 侍中刁玄張邠啓 黃門藏吏辭語不同 請付獄推盡 亮曰 此易知耳 令破鼠矢 矢裏燥 亮大笑謂玄邠曰 若矢先在蜜中 中外當俱濕 今外濕裏燥 必是黃門所爲 黃門首服 左右莫不驚悚

《三國志》,〈吳書〉,〈三嗣主傳注引吳歷〉

[풀 이] 쥐똥을 잘라 보고 판단하는 것은 아주 단순한 것 같지만 이런 생각을 했다는 것은 방법을 중시하는 풍토를 만드는 데 필요한 것이다. 생각이 단순하고 경직된 시중 조현과 장빈은 책임을 가려내지 못하자 두 사람 다 감옥에 보내라고 주장한다. 손량마저도 그들과 같았더라면 억울한 판결이 생겼을 것이다. 여러 현상에 대해 자세하고 깊게 분석할 수 있어야만 작은 것을 보고 앞으로 드러날 것을 알 수 있으며 어두운 것을 관찰하여 밝은 것을 도모할 수 있다.

46 술잔 속의 뱀 그림자

악광(樂廣)의 집에서 대접을 받고 돌아간 친구가 큰 병이 났다. 아주 이상하게 여겨 친구를 살펴보러 간 악광은 방으로 들어가 누렇게 뜬 수척한 얼굴로 침대에 누워 있는 친구를 보고 왜 병이 났는지 다정하게 물었다. 친구는 머뭇거리며 대답을 하지 않으려 했으나 자꾸만 추궁하자 이렇게 말했다. "지난번에 자네 집에 갔을 때 자네가 따라준 술잔에 희미하게 붉은 무늬가 있는 푸른 뱀 한 마리가 움직이고 있는 걸 보았네. 너무도 놀라 마시지 않으려 했지만 그렇게 하면 자네에게 무례한 짓이 되겠기에 눈 딱 감고 마셔 버렸다네. 집에 돌아와 그 작은 뱀이 뱃 속에 있다는 것을 깨닫고 토하고 또 토했지만 생각할수록 구역질이 나는 바람에 병이 나고 말았네."

악광은 아무리 생각해 봐도 술잔 속에 붉은 무늬가 있는 조그마한 푸른 뱀이 있을 리 없었다. 그러나 친구가 분명히 보았다니 이건 무엇 때문일까? 집에 돌아와 거실에서 왔다갔다 하다가 문득 푸른 칠에 붉은 무늬가 그려진 활이 벽에 걸려 있는 것을 발견했다. 그는 이 활이 이 사건을 일으킨 게 아닐까 싶어 술잔에 술을 채워 탁자 위에 올려 놓고 이리저리 여러 각도로 움직여 보았다. 그 활의 그림자가 술잔에 비치자 정말로 작은 뱀이 움직이는 듯했다.

악광은 곧 친구의 집으로 달려가 그를 부축해 자기 집으로 데려와서는 탁자 위의 술잔에서 무엇이 보이는지 물었다. 친구는 그걸 보고 놀라 소리쳤다. "이게 바로 그 뱀이야." 악광은 또 벽에 걸려 있는 활을 가리켰다. 술잔 속에 있던 작은 뱀이 원래는 벽에 걸린 활의 그림

자였다는 것을 깨닫자 친구의 병이 금방 나았다.

●杯弓蛇影●

嘗有親客 久闊不復來 廣問其故 答曰 前在坐 蒙
賜酒 方欲飮 見杯中有蛇 意甚惡之 旣飮而疾 於
時 河南聽事壁上有角 漆畫作蛇 廣意杯中蛇卽角
影也 復置酒於前處 謂客曰 酒中復有所見不 答曰
所見如初 廣乃告其所以 客豁然意解 沈痾頓愈

《晉書》,〈樂廣傳〉

[풀 이] 악광은 문제의 근거를 실제적으로 추구한 사람이다. 뱀 그
림자의 비밀을 찾아내지 못했더라면 친구의 병은 계속 악화되었을 것
이다. 세상에는 갖가지 모순이 종횡으로 교차하면서 서로 영향을 끼
치므로 상식적으로 해석하기 어려운 기괴한 현상들이 나타난다. 그러
나 어떤 현상이든 그 근원이 있게 마련이다. 힘써 연구하려 하지 않
고 근원과 실질을 도치시켜 이것저것 함부로 의심하고 거짓을 참이라
여기기 때문에 표면적 현상에도 놀라는 것이다.

 낙양의 종이값이 오르다

　서진(西晉)의 문장가인 좌사(左思)는 젊었을 때 집안이 가난해 주목
을 받지 못했다. 꼬박 1년이라는 시간을 들여 《제도부》(齊都賦)를 쓰
고 난 그는 또 패기만만하게 《삼도부》(三都賦)를 쓰려고 했다. 때마침
누이 좌분이 궁정으로 뽑혀 가는 바람에 서울로 이사가 비서랑이 되
어 더욱 많은 자료를 얻게 되었다. 역사적 자료를 수집하기 위해 그
는 옛 성과 도시를 돌아다녔으며 밤낮으로 머리를 짜내 집안의 울타
리든 뒷간이든 어디에나 지필묵을 가지고 다니며 좋은 구절이 생각나
면 급히 종이에 적곤 했다.

　당시의 대문장가인 육기(陸機)도 《삼도부》와 비슷한 소재의 작품을
쓸 준비를 하고 있었는데 좌사라는 젊은이가 그것을 쓰고 있다는 말
을 듣고 손뼉을 치면서 웃음을 참지 못하고 이렇게 말했다. "그 시골
뜨기가 《삼도부》를 쓴다고 한다면 그것으로 술단지를 덮어 두겠다."

　꼬박 10년이 걸려 웅장하고 깊이 있는 《삼도부》가 완성되었지만
사람들의 주목을 끌지 못해 그것을 베끼려는 사람이 거의 없었다.

　좌사는 너무나도 고통스러워 관직이 낮고 보잘것없기 때문에 자기
를 얕보고 무시하는 것이라 생각했다. 그래서 그는 당시의 유명한 유
학자인 황보밀(皇甫謐)에게 원고를 바쳤다. 그것을 읽고 난 황보밀은
탁자를 치며 절세의 명작이라 말하고 당장에 서문을 써주었다. 좌사
는 다시 대학자 장재(張載)와 유규(劉逵)에게 주석을 달아 줄 것을 청
했다. 일단 유명한 사람의 인정을 받게 되자 학자들이 앞다투어 그의
문장을 칭송하는 글을 지었다. 사공장화가 《삼도부》를 높이 평가한

것은 말할 것도 없고 육기까지도 감탄을 아끼지 않고 붓을 들었다.
《삼도부》는 새로 발표되고 나서 온 나라를 진동시켰는데 부자와 귀족
들이 도처에서 그것을 베끼는 바람에 낙양의 종이값도 덩달아 엄청나
게 뛰었다.

●洛陽紙貴●

(左思)造齊都賦 一年乃成 復欲賦三都 會妹棻入宮
移家京師 乃詣著作郎張載 訪岷邛之事 遂構思十
年 門庭藩溷 皆著筆紙 遇得一句 即便疏之 自以
所見不博 求爲祕書郎 及賦成 時人未之重 思自以
其作不謝班張 恐以人廢言 安定皇甫謐有高譽 思
造而示之 謐稱善 爲其賦序 張載爲注魏都 劉逵注
吳蜀而序之 … 司空張華見而嘆曰 班張之流也 使
讀之者 盡而有餘 久而更新 於是豪貴之家競相傳
寫 洛陽爲之紙貴 初 陸機入洛 欲爲此賦 聞思作
之 撫掌而笑 與弟雲書曰 此間有傖夫 欲作三都賦
須其成 當以覆酒甕耳 及思賦出 機絕嘆伏 以爲不
能加也 遂輟筆焉

《晉書》,〈左思傳〉

풀 이 이 이야기에는 아주 교훈적인 뜻이 들어 있다. 한편으로는
학자와 명사들이 후진을 키우고 인재를 발견하는 일에 얼마나 중요한
책임을 지고 있는지를 말해 주고 있으며, 다른 한편으로는 신분이나
지위를 가지고 개인의 성취와 작품의 가치를 재는 기풍이 인재 양성
에 이롭지 않으므로 바로잡아야 한다는 것을 말해 준다.

48 길가의 떫은 배

  왕융(王戎)은 어릴 적부터 매우 총명하여 늘 깊이 생각하기를 좋아
했다. 한번은 친구들과 교외로 놀러 나갔을 때 큰길을 따라 걷다가
길가에 있는 배나무 한 그루를 발견했다. 먹음직스러운 배가 나뭇가
지에 잔뜩 달려 있어 가지가 처질 정도였고 알알이 다 보기 좋고 깨
끗하고 탐스러웠다. 아이들은 환호성을 지르며 다투어 나무로 올라갔
지만 왕융만은 길가에 그냥 서 있었다. 아이들이 그에게 손짓하면서
말했다. "빨리 와서 따라, 아주 많다." 왕융이 말했다. "난 안 먹겠다.
이 나무는 길가에서 자라고 있고 열매가 잘 익었는데도 이렇게 많이
달려 있는 걸 보니 떫은 게 분명해." 배를 깨물어 본 아이들은 정말
로 쓰고도 떫어서 뱉어내지 않을 수가 없었다.

●道邊苦李●

(王戎)嘗與群兒戲於道側 見李樹多實 等輩競趣之
戎獨不往 或問其故 戎曰 樹在道邊而多子 必苦李
也 取之信然

《晉書》,〈王戎傳〉

풀 이 왕융은 나중에 서진의 유명한 청담가—죽림 칠현—중 한
사람이 되었다. 이 이야기의 핵심은 왕융의 나이가 어렸다는 것이 아
니라 그가 보통 아이들과 달리 매우 논리적으로 사고하고 신속 정확

한 판단을 내렸다는 것이다. 큰 길가의 주인 없는 배를 아무도 먹지 않는다면 그것은 반드시 떫을 것이라는 것이 대전제이고, 이 배나무는 주인이 없고 큰 길가에서 자라고 있으며 또 따먹은 사람이 없다는 것이 소전제이다. 따라서 배는 반드시 떫다는 것이 결론이다. 형식 논리를 연구하는 목적은 정확하게 객관 사물의 사유 형식 및 그 규율을 반영하도록 하기 위한 것이다. 어떤 문제든 처음부터 조금이라도 잘못 생각하면 그 잘못을 따르게 마련이므로 정확한 결론을 얻기 위해서는 전제에 관한 과학적 지식이 있어야 한다.

49 술에 담근 고기는 오래 간다

공군(孔群)은 술이 없으면 하루도 지낼 수가 없는 술고래여서 날마다 술단지를 껴앉고 고주망태가 되도록 마셨다. 사람들이 아무리 충고해도 소용이 없었다. 왕도(王導)가 제 딴엔 아주 그럴 듯한 이유를 생각해 냈다고 여겨 공군에게 권했다. "날마다 이렇게 퍼 마시니 몸이 견뎌 낼 수가 있나? 자네는 술단지 덮는 헝겊을 못 보았나? 술기운 때문에 쉽게 못 쓰게 되지 않던가?" 술을 몇 모금 들이키고 나서 공군이 대답했다. "선생은 술독에 담가 놓은 고기가 오래 가는 걸 못 보셨소?"

●糟肉堪久●

(孔群)性嗜酒 導嘗戒之曰 卿恒飮 不見酒家覆瓿布
日月久糜爛邪 答曰 公不見肉糟淹更堪久邪

《晉書》,〈孔愉傳〉

[풀 이] 나쁜 일을 하는 데도 이유를 찾아낼 수 있고 잘못을 변명하는 데도 마찬가지로 무궁 무진한 말들을 늘어 놓을 수 있다. 그러나 이 같은 사이비 말장난에 현혹되어서는 안 된다. 그 주장이 잘못이라면 그 이유도 타당치 않을 것이기 때문이다. 자기를 술에 담가놓은 고기라 여기는 이 술고래의 이유처럼 말이다.

50 영리한 사냥꾼

갈대가 무성하게 우거지고 수초가 아름다운 호숫가 늪지에 큰 갈매기와 들오리 따위의 새들이 노닐면서 먹이를 찾고 있었다. 한 사냥꾼이 살금살금 다가가 큰 그물을 펼쳐 놓고 먹이를 뿌린 다음 우거진 갈대 숲에 숨어 있었다.

얼마 후에 새들이 떼지어 먹이를 찾으러 날아왔다가 사냥꾼이 당기는 그물에 걸리고 말았다. 사냥꾼이 다가가 잡으려 할 때 갑자기 그물 전체가 들리면서 앞으로 나아갔다. 사냥꾼이 몇 걸음 바짝 쫓아가자 그물이 공중으로 날아가고 말았다. 알고 보니 그 가운데 있던 커다란 새 한 마리가 날개를 펴는 바람에 모든 새들이 힘을 다해 그물을 끌고 날게 되었던 것이다.

사냥꾼은 하늘을 쳐다보며 바짝 새 그물을 따라 들판을 지나고 마을을 지나 달려갔다. 그 꼴을 본 사람들이 비웃었다. "자네, 정말로 멍청하군. 새는 하늘에서 날고 자네는 두 다리로 달리는데 어떻게 쫓아간다는 건가?"

"그렇지 않아요." 사냥꾼이 말했다. "날이 저물면 새들은 각기 자기 둥지로 돌아가려 할거요. 일단 방향이 어지러워지면 그물은 땅에 떨어지게 돼 있죠." 그러고는 여전히 바짝 쫓아갔다.

저녁해가 서쪽으로 기울었다. 그물 속의 새들 중 어떤 것은 나무 숲으로 날아가려 하고, 어떤 것은 벼랑으로 가려 하고, 어떤 것은 동쪽으로 가려 하고 또 어떤 것은 시쪽으로 가려 하면서 다투느라 소란이 일더니 잠시 후 그물 전체가 땅바닥으로 떨어지고 말았다. 사냥꾼은 급히 지친 새들을 하나하나 거둬들였다.

●聰明的鳥師 ●

昔有捕鳥師　張羅網於澤上　以鳥所食物著其中　衆
鳥命侶　竟來食之　鳥師引其網　衆鳥盡墮網中　時有
一鳥　大而多力　身舉此網　與衆鳥俱飛而去　鳥師視
影　隨而逐之　有人謂鳥師曰　鳥飛虛空　而汝步逐
何其愚哉　鳥師答曰　不如是告　彼鳥一暮　要求栖宿
進趣不同　如是當墮　其人故逐不止　日已轉暮　仰觀
衆鳥　翻飛爭競　或欲趣東　或欲趣西　或望長林　或
欲赴淵　如是不已　須臾便墮　鳥師遂得次而殺之

《雜譬喩經》

풀 이　새는 하늘에서 날아가고 사람은 땅에서 쫓아가니까 겉보기에는 쓸데없이 기력만 낭비하는 것처럼 보인다. 그러나 이 사냥꾼은 마음 속에 타산이 있었기 때문에 열심히 추격하여 새를 몽땅 잡게 되었다. 사냥꾼의 이런 총명함은 새 잡기를 전문으로 하는 생활 속에서 얻어진 것이다. 그는 새를 잡는 직업 때문에 알 수 있었던 조류의 습성, 즉 날이 저물면 저마다 자기 숲으로 돌아가려고 이러저리 날다 지쳐 떨어지는 조류의 습성을 이용하여 새들을 몽땅 잡을 수 있었던 것이다.

 채찍질과 말똥약

옛날 어떤 시골의 지주가 서울 구경을 갔다가 관청 앞에서 곤장을 맞은 사람이 뜨거운 말똥을 가져다 상처에 바르는 것을 보았다. 그것을 아주 신기하게 여긴 지주는 등에 바른 말똥이 과연 효과가 있는지 물었다. 그 사람은 빠른 시일 안에 흉터도 남지 않고 낫는다고 말해 주었다.

그 말을 들은 지주는 굉장한 보물이나 얻은 것처럼 급히 집으로 돌아와 득의 양양하여 식구들에게 말했다. "이번에 서울에 가서 중요한 지혜를 얻었다."

"무슨 지혜요?" 식구들은 그가 그렇게 기뻐하는 것을 보고 다투어 물었다.

"서두르지 마라. 당장에 시험해 보도록 할 테니까." 그는 웃저고리를 벗으며 하인에게 분부했다. "어서 가죽 채찍을 가져와 나를 2백 번 쳐라."

하인은 깜짝 놀라 눈이 휘둥그래지고 말문이 막혔지만 명령을 어기지 않으려고 주인을 땅바닥에 엎어 놓고 살이 터지고 피가 흐를 때까지 세게 2백 번 쳤다.

"어서." 지주는 아픈 나머지 이를 악물며 소리쳤다. "어서 뜨거운 말똥을 가져다 내 등에 발라라."

식구들은 점점더 영문을 모른 채 보고만 있었다. 지주가 안간힘을 쓰며 말했다. "말똥을 바르면 상처가 흔적도 없이 낫는단다. 알겠니? 이게 바로 그 중요한 지혜란다."

● 鞭背敷屎 ●

昔有田舍人暫至都下　見被鞭持熱馬屎塗背　問言
何故若是　其人答　令瘡易癒　而不作瘢　田舍人密著
心中　後歸家　語其家人言　我至都下　大得智慧　後
家人問言　得何等智慧　便呼奴言　持鞭來痛與我二
百鞭　奴畏大家　不敢違命　卽痛與二百鞭　流血被背
語奴言　取熱馬屎來　爲我塗之　可令易癒　而不作瘢
語家人言　汝知之不　此是智慧

《雜譬喩經》

풀 이　약이란 병을 고칠 때 쓰는 것이다. 병도 없으면서 일부러
병이 나게 함으로써 약효를 증명하려는 것은 약으로도 고칠 수 없는
어리석은 병이다.

　그러나 이 사람만 어리석다고 할 것은 아니다. 실제로 이와 같은
어리석은 일들이 자주 일어난다. 그 어리석음은 등에 채찍을 2백 번
맞는 것의 천만 배는 될 것이므로 '멍청이'라는 한 마디만으로는 표
현할 수가 없다.

52 성급한 아첨꾼

　어떤 귀인이 뒷꽁무니에 한 무리의 아첨꾼을 달고 다녔다. 이들은 귀인의 안색을 잘 살피고 가려운 데를 잘 긁어 주며 어디서나 잘 모셨다. 귀인이 가래만 뱉어내도 다들 벌떼처럼 달려 들어 다투어 가래를 뭉개 주었다. 그 중 몸집이 작고 수단이 없는 어떤 사람은 매번 필사적으로 달려들었지만 가래를 밟지 못했으므로 속이 상해 죽을 지경이었다.

　한번은 '칵칵' 귀인의 목청이 울리고 뺨이 불룩해지며 가래를 토해 내기 직전 그는 기다렸다는 듯이 발로 귀인의 입을 밟았다. 귀인은 놀라 몇 걸음 물러나며 벼락같이 소리를 질렀다. "이놈, 나를 배신하겠다는 거냐? 감히 내 뺨을 밟다니."

　그는 황급히 공손하게 말했다. "전적으로 호의에서 그런 것입니다. 감히 배신을 하다니요?"

　"배신이 아니라면 왜 내 입을 밟았느냐?"

　"사실 저는 손발이 불편하여 사람들을 당할 수가 없었습니다. 그래서 미리 밟아 소인의 경의를 표시하는 게 나을 듯했기 때문입니다."

●踏痰就口●

外國小人　事貴人欲得其意　見貴人唾地　竟來以足
蹹去之　有一人不大健剿　雖欲蹹之　初不能得　後見
貴人欲唾　始聚口時　便以足蹹其口　貴人問言　汝欲
反耶　何故蹹吾口　小人答言　我是好意　不欲反也

貴人問言 汝若不反 何以至是 小人答言 貴人唾時
我常欲蹴唾 唾才出口 衆人恒奪 我前初不能得 是
故就口中蹴之也

《雜譬喩經》

풀 이 이 아첨꾼은 잽싸게 먼저 아첨할 것만 생각하느라 실패하
리라는 것은 미처 생각하지 못했다. 이 이야기는 아첨하는 소인들이
종종 좋지 않은 결말을 보게 된다는 것을 드러낸다.

　그러나 또 이 이야기는 시기가 오지도 않았는데 성공에만 급급하면
일을 망칠 수도 있다는 것을 알려 준다.

53 머리냐 꼬리냐

뱀이 한 마리 있었는데 그 뱀의 머리와 꼬리가 기세 등등하게 서로 다투고 있었다.

머리가 말했다. "내가 더 중요하다."

꼬리가 말했다. "나도 중요하게 생각되어야 해."

"꿈꾸고 있네." 머리가 이를 갈며 말했다. "내겐 귀가 있어 들을 수가 있고 눈이 있어 볼 수가 있고 입이 있어 먹을 수가 있어. 기어다닐 때 내가 앞에 없으면 나갈 수가 없어. 너는 뭐 잘난 게 있니?"

"헤헤." 꼬리가 비웃으며 말했다. "내가 기어다니지 않으면 넌 꼼짝도 할 수 없을 걸."

"말도 안 돼. 나는 네가 없어도 길 수 있어."

"좋아. 그럼 시험을 해보자." 그러고 나서 꼬리는 나무를 칭칭 세 번 감았다. 머리는 온 힘을 다해 앞으로 나아가려 했지만 아무리 해도 기어갈 수가 없었다.

하루가 지나고 이틀이 흘렀다. 배가 고파 마음과 몸이 극도로 지친 머리가 부드러운 목소리로 꼬리에게 말했다. "어서 놔 줘. 너를 어른으로 모실 테니까."

꼬리는 그제서야 나무를 풀었다. 머리가 말했다. "네가 어른이니까 앞서 기어가는 게 마땅하겠지?"

"그래야 옳지." 꼬리가 의기 양양하게 말했다.

이리하여 이 뱀은 꼬리를 앞으로 하고 거꾸로 기어갔다. 얼마 못 가 이 뱀은 활활 타는 불구덩이로 들어가 타 죽고 말았다.

●頭尾爭大●

昔有一蛇 頭尾自相與諍 頭語尾曰 我應爲大 尾語
頭曰 我亦應大 頭曰 我有耳能聽 有目能視 有口
能食 行時最在前 是故可爲大 汝無此術 不應爲大
尾曰 我令汝去 故得去耳 若我以身繞木三匝 三日
而不已 頭遂不得去求食 飢餓垂死 頭語尾曰 汝可
放之 聽汝爲大 尾聞其言 卽時放之 復語尾曰 汝
旣爲大 聽汝在前行 尾在前行 未經數步 墮火坑而
死

《雜譬喩經》

풀 이 불교에서는 이런 우화를 이용하여 사회적 지위와 빈부 귀
천의 차별이 인연에 의해 미리 정해져 있어서 바꿀 수 없으므로 잘나
고 못난 것을 다투면 재앙만 초래할 뿐이라고 말한다. 이러한 숙명론
은 검토되어야 할 것이다.

그러나 사물에는 머리도 있고 꼬리도 있으며 앞도 있고 뒤도 있고
주인도 있고 하인도 있다. 이런 것은 사회 분업에 필수적이기도 하고
전체를 구성하는 데 필요하기도 하며 또한 사물 자체의 법칙에 부합
되는 것이기도 하다. 이처럼 법칙을 따르지 않고 주제넘게도 앞뒤를
다투는 것이 현상을 변화시키는 개혁적 행위라 여기는 것은 완전히
잘못된 생각이다.

 벽을 뚫어 불빛을 훔치다

광형(匡衡)은 젊었을 때 공부하기를 아주 좋아했다. 그러나 집안이 가난해 초를 살 수 없었으므로 밤이 되면 책을 읽고 싶어도 어쩔 수가 없었다. 그는 벽 저쪽 이웃집에 촛불이 켜진 것을 보고 벽에다 살그머니 작은 구멍을 뚫어 구멍을 통해 비춰지는 불빛에 대고 밤늦도록 책을 읽었다. 그의 동네에는 낫 놓고 기역자도 모르지만 책을 많이 가지고 있는 부자가 있었다. 그 말을 들은 광형은 짐을 꾸려 그 집 머슴으로 들어가 날마다 새벽 5시에 일어나 한밤중까지 일했지만 전혀 대가를 요구하지 않았다. 이를 이상하게 여긴 주인이 무얼 주면 좋겠느냐고 물었다. "당신 집안의 책들을 읽게 해주시면 좋겠습니다." 주인은 아주 감탄하여 그에게 책을 빌려 주었다. 광형은 이렇게 열심히 책을 읽어 나중에 유명한 학자가 되었고 한나라 원제의 재상이 되었다.

●鑿壁偸光●

匡衡字稚圭　勤學而無燭　隣舍有燭而不逮　衡乃穿壁引其光　以書映光而讀之　邑人大姓　文不識　家富多書　衡乃與其傭作而不求償　主人怪問衡　衡曰　願得主人書遍讀之　主人感嘆　資給以書　遂成大學

《西京雜記》

[풀 이] 후세 사람들은 이 '벽을 뚫어 불빛을 훔치는 것'을 어려운 환경에서도 열심히 공부하는 사람의 전형으로 생각한다. 환경이 공부하는 데 중요한 요소가 되는 것은 사실이지만 결정적 요소는 아니다. 외부적 요소는 변화의 조건은 되지만 반드시 인간의 내부적 요소를 통해 작용한다. 좋은 조건이 있어도 공부하려고 노력하지 않으면 얻을 것은 아무것도 없다. 반대로 환경이 아무리 어렵더라도 각고의 정신과 강인한 의지가 있으면 스스로 환경을 만들어 낼 수가 있다. 요즘 사회는 좋은 학습 환경을 많이 제공해 주고 있다. 아무리 각 개인의 환경과 재능의 우열이 다르다 하더라도 '벽 틈으로 비친 불빛'을 이용하여 공부했던 옛 사람들의 시대에 비하면 얼마나 좋아졌는지 모른다. 우리가 환경이 나쁘다는 핑계로 노력하지 않는다면 정말로 부끄러운 일이다.

흉노의 사신이 낙양까지 먼 길을 왔을 때 위나라 왕 조조는 사신을 맞을 준비를 하면서 선천적으로 왜소하고 못생긴 자기 허우대로는 사신을 굴복시킬 수 없다고 생각했다. 그리하여 체구가 당당한 최계규에게 자기 의관을 입혀 가짜 왕을 만들어 앉히고 자기는 호위병으로 분장하여 허리에 칼을 차고 구석에 서 있었다. 회견이 순조롭게 끝난 다음 조조는 밀사를 파견하여 왕의 인상에 대해 물어 보도록 했다. 흉노의 사신은 감탄하며 말했다. "위나라 왕은 소문대로 정말 당당했습니다. 그러나 그의 뒤에 칼을 차고 있던 호위병이 제가 보기에는 바로 대단한 영웅입니다." 그 말을 들은 조조는 몹시 놀라 곧 사람을 보내 그 사신을 없애 버렸다.

●床頭捉刀人●

魏武將見匈奴使　以形陋不足雄遠國　使崔季珪代
帝自捉刀立床頭　旣畢　令間諜問曰　魏王何如　匈奴
使答曰　魏王雅望非常　然床頭捉刀人　此乃英雄也
魏武聞之　追殺此使

《世說新語》,〈容止〉

풀 이 속담에 '사람은 모양만 보아서는 알 수 없고 바닷물은 되로 헤아릴 수 없다'는 말이 있다. 그래서 공자는 '겉모양만 보고 사람

을 판단하면 실수하기 쉽다'고 말했던 것이다. 이 이야기에서 흉노의 사신은 조조의 관상을 보아준 허조(許劭)에 필적할 만한 지혜로운 안목으로 '치세에는 유능한 신하, 난세에는 간교한 영웅'이라는 조조의 본모습을 식별할 수 있었다. 조조의 영웅적 기개는 눈썹과 눈과 정신 사이에서 흘러나오므로 초라한 모습일지라도 그것을 가리지 못했다. 하지만 밖으로 드러난 기운만으로 사람을 판단하는 것은 충분치 않다. 그 사람의 일관된 행위를 보아 내적 실체를 통찰하는 것이 '관상법' 같은 미신의 구렁에 빠지지 않는 과학적인 방법이다.

꿈이란 무엇인가

위개(衛玠)는 진(晉)나라의 아주 유능한 서예가이다. 전하는 말에 의하면, 그는 어렸을 적에 깊이 생각해야 하는 문제를 좋아했다고 한다. 어느 날 밤 그는 매우 이상한 꿈을 꾸었다. 다음날 그는 악광에게 꿈 이야기를 해주고 꿈이라는 게 어디서 오는 것인지를 물었다. 악광은 그 이야기를 듣고 웃으면서 말했다. "젊은이, 꿈이라는 건 상상으로부터 온다네."

"상상으로부터 온다구요?" 위개는 그 말을 듣고 영문을 몰라 반박했다. "그렇지 않습니다. 사람의 정신이 몸과 떨어져 있을 때 꿈을 꾸게 되는데 어떻게 상상으로부터 온다고 할 수 있습니까?"

"그건 왜냐하면…" 악광은 이렇게 대답했다. "큰 수레를 타고 쥐구멍을 뚫고 들어가는 꿈을 꾼 사람은 없고, 쇠절굿공이를 찧고 갈아서 먹는 꿈을 꾼 사람도 없다네. 알겠나? 이것은 낮에 생각했던 것이 아니면 밤에 꿈으로 나타나지 않는다는 증거일세."

그 말을 듣고 의혹이 더해진 위개는 하루 종일 고심하여 생각하느라 밥도 안 먹고 잠도 안 자다 병이 들었다. 그 말을 들은 악광은 그의 탐구 정신을 칭찬하면서 직접 위개를 찾아가 문제를 명쾌하게 해석해 주었다. 위개의 병은 그 문제를 분명히 이해한 다음에야 나았다.

●衛玠問夢●

衛玠總角時　問樂令夢　樂云　是想　衛曰　形神所不
接而夢　豈是想邪　樂云　因也　未嘗夢乘車入鼠穴

擣齏啗鐵杵 皆無想無因故也 衞思因經日 不得 遂
成病 樂聞 故命駕爲剖析之 衞卽小差

《世說新語》, 〈文學〉

풀 이 잠잘 때 외부와 체내의 약한 자극들이 대뇌 피질에 도달하여 완전히 억제되지 않은 피질층의 구역과 관련을 맺으면 꿈을 꾸게 된다. 이런 원인을 이해하지 못했던 옛날 사람들은 꿈이 어떻게 이루어지는지 해석하기 위해 물질과 의식 사이를 갈라 놓아야만 했던 것이다. 여기서 위개가 천진하게도 '육체와 정신이 떨어져 있을 때 꿈을 꾼다'고 믿고 있었던 것은 순전히 당시 성행하던 도교와 불교 사상의 영향을 받은 것이다. '낮에 생각한 것이 밤에 꿈으로 나타난다'고 가르침으로써 꿈이 인간의 육체를 떠날 수 없다고 한 악광의 견해는 유물론적이다. 사실 꿈 외에 잘못된 사상이나 여러 가지 황당한 현상, 종교적 관점 따위도 객관적 물질 세계에 그 근거가 있다.

57 매실 생각으로 갈증을 풀다

언젠가 조조는 병사들을 이끌고 산 넘고 물 건너 전쟁터로 갔다. 햇볕이 불처럼 뜨거웠지만 행군길은 모두 황량한 산과 언덕뿐이어서 물 한 방울도 찾을 수가 없었다. 병사들은 기진맥진해 대오가 점점 흐트러지고 행군 속도도 갈수록 느려졌다.

말에 올라 미간을 찌푸리던 조조에게 갑자기 묘안이 떠올랐다. 그는 깃발로 앞을 가리키며 소리쳤다. "봐라. 앞에 커다란 매실 숲이 있다. 그늘이 우거지고 푸른 매실이 달려 있구나. 달고 신 매실을 먹으면 갈증이 사라질 것이다. 어서 가자."

그 말을 들은 병사들은 신물이 나 침을 흘리면서 순식간에 정신을 차려 제때에 싸움터에 도착했다.

● 望梅止渴 ●

魏武行役 失汲道 軍皆渴 及令曰 前有大梅林 饒子 甘酸可以解渴 士卒聞之 口皆出水 乘此得及前源

《世說新語》,〈假譎〉

[풀 이] 후세 사람들은 '매실 생각으로 갈증을 멎게 하는' 것을 공상으로 자신을 위로하는 것에 비유한다. 매실을 머리에 떠올리면 생리적인 반사 작용이 일어나 타액의 분비를 촉진하므로 잠시 동안 갈

증을 멈추게 할 수 있다. 그러나 언제까지나 '매실 생각'에 의지하여 '갈증을 해소시킬' 수는 없다. 공상이 잠시 사람을 위로해 주기는 하지만 현실을 대체할 수 없는 것처럼 말이다.

58 상종할 수 없는 사람

  관녕(管寧)과 화흠(華歆)은 젊었을 때 아주 친한 친구였다. 한번은 두 사람이 채소밭에서 풀을 뽑고 있었는데 흙 속에서 황금 덩어리가 나왔다. 관녕은 황금을 기왓장이나 돌덩이처럼 보고 여전히 일손을 멈추지 않고 김을 맸지만, 화흠은 욕심이 발동하여 슬그머니 금덩이를 주워 한동안 살펴보고서야 내던졌다.

  또 한번은 두 사람이 돗자리 위에 앉아 책을 읽고 있었다. 그때 갑자기 밖에서 시끄러운 음악 소리가 나면서 높은 관리가 화려한 수레에 앉아 문 앞을 지나가고 있었다. 관녕은 못 듣고 못 본 채 독서에 몰두했지만 화흠은 급히 책을 놓고 거리로 나가 보았다. 화흠이 돌아왔을 때 관녕은 돗자리를 둘로 갈라 놓고 말했다. “오늘 이후로 너는 내 친구가 아니다.”

●管寧割席●

管寧華歆共園中鋤菜　見地有片金　管揮鋤與瓦石不異　華捉而擲去之　又嘗同席讀書　有乘軒冕過門者寧讀如故　歆廢書出看　寧割席分坐曰　子非吾友也

《世說新語》,〈德行〉

풀 이 관녕은 나중에 줄곧 요동성에서 칩거 생활을 하는 은사가 되었는데 위나라 왕이 여러 번 초빙했지만 사양하고 나가지 않았다.

그러나 화흠은 줄곧 조정에서 명성을 다투었고 헌제를 협박하여 선양
을 종용했던 조비를 도와 위나라의 사도가 되었다. 이 두 사람의 처
세 태도와 도덕적 기풍이 일찍이 청년 시절에 있었던 두 사건에서도
여실히 드러난다.

 '사물은 종류에 따라 모이고 사람은 무리에 따라 나뉜다.' 그러므
로 친구를 사귈 때도 생각이 같은 사람을 사귀어야 한다. 그러나 돗
자리를 가르고 단연코 절교한 관녕의 행위도 지나치게 모난 행위이
다. 도덕적 수양의 요건은 엄격히 자신을 단속하고 기꺼이 남을 돕는
데 있기 때문이다.

옛날에 어떤 왕이 대신에게 흰 코끼리를 끌어오도록 명령하고, 몇 명의 장님들에게 손으로 더듬어 본 후 큰 코끼리가 어떤 모양인지 말하도록 했다. 한참 동안 만져보고 나서 그들은 질세라 다투어 보고했다. 코끼리의 이빨을 만진 사람은 코끼리의 모양이 길고 긴 무뿌리 같다고 말했고, 코끼리 귀를 만져본 사람은 곡식을 까부르는 키 비슷하다고 말했다. 코끼리의 머리를 만져본 사람은 커다란 돌덩이 같다고 말했으며, 코로 기어 올라갔던 사람은 나무 공이에 지나지 않는다고 말했다. 코끼리 다리를 안아 본 사람은 쌀을 찧는 돌절구가 틀림없다고 말했는가 하면 코끼리 등을 만져본 사람은 편편한 상 같다고 했고 뱃가죽을 만져본 사람은 큰 물독이라고 말했다.

"허허. 너희들은 모두 틀렸어." 한 장님이 코끼리의 꼬리를 만지면서 말했다. "코끼리는 가늘고 길어. 노끈처럼 말이야."

●盲人摸象●

有王告一大臣　汝牽一象來示盲者 … 時彼衆盲各以手觸　大王卽喚衆盲各各問言　汝見象否　衆盲各言我已見　王言　象類何物　觸其牙者卽言象形如蘿菔根　觸其耳者言象如箕　觸其頭者言象如石　觸其鼻者言象如杵　觸其脚者言象如臼　觸其脊者言象如床觸其腹者言象如甕　觸其尾者言象如繩

《涅槃經》

[풀 이] 이것은 여러 나라에 비교적 널리 전해진 우화이다. 단편적 주관은 감성적 인식이 가지고 있는 제한된 성격 때문에 생긴다. 그것으로는 사물의 표면이나 부분밖에 볼 수 없다. 전면적으로 깊이 있고 날카롭게 사물을 인식하려면 감성적 인식의 단계에서 이성적 인식의 단계로 올라가야 한다.

60 아기 고양이의 먹이

조그만 아기 고양이가 점점 자라 커졌다. 젖을 뗀 첫 날 그는 엄마 고양이에게 물었다. "엄마, 지금부터는 무얼 먹어야 돼요?"

엄마 고양이는 조용히 웃으면서 대답했다. "사람들이 가르쳐 줄거야."

아기 고양이는 마음 속으로 몹시 걱정이 되었다. "사람들이 어떻게 내게 가르쳐 줄까?" 날이 저물었을 때 그는 살그머니 어떤 집으로 가 장독대에 앉았다.

고양이 한 마리가 온 것을 본 주인이 급히 식구들에게 말했다. "남비에 우유와 버터가 있다. 주의해서 잘 덮어라. 병아리 둥지를 높이 매달아라. 고양이 새끼가 훔쳐 먹지 못하도록."

한 마디 한 마디가 아기 고양이에게 들려 왔다. 그는 기뻐서 말했다. "사람들이 정말로 가르쳐 주는구나. 우유와 버터와 병아리들을 먹어야 하는구나."

●猫兒索食●

猫生兒　以小漸大　猫兒問母　當何所食　母答兒言
人自敎汝　夜至他家　隱甕器間　有人見已　而相約敕
酥乳肉等　極好覆蓋　鷄雛高擧　莫使猫食　猫兒卽知
鷄酥乳酪　皆是我食

《大莊嚴論經》

[풀 이] 불경에서 이 이야기는 '세간법'을 풍자할 때 쓰인다. 그것은 모든 예법과 교육이 반대의 결과를 낳을 뿐이라는 허무주의적 관점에서 출발한 것이다. 그러나 다른 한편으로 깊이 생각할 만한 문제를 제기하고 있다. 청소년 교육에서 청소년들의 심리적 특징과 특수한 규율을 소홀히 하여 자신의 희망만으로 이런저런 행위를 금지하고 그들의 생각을 인정해 주지 않는다면, 적극적으로 상황에 따라 이끄는 것이 아니라 소극적으로 단순하면서도 경직된 방법을 택하는 것이다. 그렇게 하면 전혀 반대되는 결과가 나오기 십상이다.

61 못생긴 하녀가 단지를 내동댕이친 사연

  옛날 어느 명문가의 며느리가 시어머니의 구박을 피해 숲으로 도망쳐 잠시 생각에 잠겨 있었다. 그녀는 갑자기 발걸음 소리가 들려오자 급히 나무 위로 기어 올라가 숨었다. 나무 밑에 있는 거울처럼 고요한 샘물에 그녀의 그림자가 비쳤다.

  물을 뜨러 온 어떤 못생긴 하녀가 옹기 단지를 그 샘물에 담갔다. 그녀는 문득 물 속에 비친 모습을 보고 생각할수록 기뻐 중얼거렸다. "내 모습이 이렇게도 아름답고 빼어난데 왜 남의 하녀가 되어야 한단 말인가?" 그녀는 옹기 단지를 땅바닥에 내동댕이쳐 박살을 내고 매우 기뻐하며 마을로 돌아와 주인에게 말했다. "내 용모가 이렇게 아름답고 단정한데 왜 내게 물을 길으라는 둥 허드렛일을 시키는 거예요?" 그 말을 들은 사람들은 입술을 비죽거리며 귀신에게 홀린게 틀림없다고 생각했다. 주인은 다시 옹기 단지를 가지고 나와 물을 길어 오라고 명령했다.

  투덜대며 샘가로 온 하녀가 물 속에 비친 그림자를 보니 여전히 아름다웠다. 그녀는 사람들 눈이 멀었다고 한탄하며 곰곰이 생각하다가 화가 치밀어 또 소리를 지르며 단지를 박살내 버렸다.

  나무 위에서 하녀의 행동을 주시하고 있던 며느리가 그만 참지 못하고 웃어 버렸다. 물 속의 모습이 문득 웃는 것을 본 하녀가 위를 올려다보니 단정하고 아름다운 여인이 앉아 있는 것이었다. 그 순간 하녀는 부끄러워 어쩔 줄 몰랐다.

我昔曾聞　有一長者婦　爲姑所瞋　走入林中　自欲刑
戮　卽不能得　尋時上樹　以自隱身　樹下有池　影現
水中　時有婢使　擔瓨取水　見水中影　謂爲是己有
作如是言　我今面貌　端正如此　何故爲他持瓨取水
卽打瓨破　還至家中　語大家言　我今面貌端正如是
何故使我擔瓨取水　於時大家作如是言　此婢或爲鬼
魅所著　故作是事　更與一瓨　詣池取水　猶見其影
復打瓨破　時長者婦在於樹上　見斯事已　卽便微笑
婢見笑影　卽自覺悟　仰而視之　見有婦女　在樹上微
笑　端正女人　衣服非己　方生慚恥

《大莊嚴論經》

[풀　이] 불경에서 '거울에 비친 꽃과 물에 비친 달'을 이용하여 세
상을 환영이라 표현하는 것은 종교를 옹호하기 위한 것인데 이 이야
기도 마찬가지이다. 그러나 또 다른 측면에서는 '사람이 고귀해지려
면 스스로를 아는 총명함이 있어야 한다'는 것을 깨우쳐 준다. 아름다
운 자는 저절로 아름답고 추한 자는 저절로 추한 것이 사실이다. 남
의 아름다움을 빼앗아 자기의 추함을 덮어씌우려 한다면 그것도 환영
이다. 물에 비친 모습과 같이 결코 사실을 바꿀 수는 없기 때문이다.
그렇게 하여 얻어진 결과는 자기 기만이거나 타인 기만에 지나지 않
으며 그저 한바탕 즐겁게 웃고 나면 그만인 것이다.

62 군마가 맷돌을 돌리게 되면

옛날에 어떤 나라의 왕이 군마를 기르고 있었는데 모두 살찌고 늠름하고 잘 훈련되어 있었다. 이웃 나라가 여러 차례 쳐들어 왔지만 그때마다 날쌔고 잘 싸우는 기병에 의해 격퇴당했다. 간이 떨어질 정도로 놀란 이웃 나라는 무릎을 꿇고 화친을 청해 왔다.

전쟁의 혼란이 가라앉자 왕은 생각했다. "지금처럼 태평하다면 저 많은 군마를 길러 어디에 쓰지? 사료도 들고 인력도 들 텐데." 고심 끝에 그는 묘안을 생각해 냈다. "군마를 백성들에게 주어 방앗간 일을 돕게 하면 국고 지출을 줄일 수 있고 또 백성을 위해 봉사할 수 있을 것이다. 그리고 필요할 때 다시 소집하면 되겠지."

그래서 백성들에게 궁중으로 와서 군마를 끌고 가라고 공고를 냈다. 이로부터 이 군마들은 방앗간에서 맷돌과 함께 바삐 돌아갔다.

몇 년이 지나 정예병을 길러 원기를 회복한 이웃 나라가 갑자기 군사를 동원하여 쳐들어 왔다. 왕은 급히 군마를 소집하여 진을 치고 적을 맞았다. 세 번 북소리가 울리고 진격 명령이 떨어지자 이 군마들은 모두 머리를 떨구고 빙빙 돌기만 했다. 한 마리도 앞으로 나아가지 않고 계속 돌기만 했다. 그동안에 맷돌 돌리는 것이 습관이 되어 버렸던 것이다.

┌─── ●戰馬推磨● ───┐

我昔曾聞　有一國王　多養好馬　會有隣王　與其鬪戰
知此國王　有好馬故　即便退散　爾時國王　作是思惟

我先養馬　規擬敵國　今皆退散　養馬何爲　當以此馬
用給人力　令馬不損　於人有益　作是念已　卽敕有司
令諸馬群　分布與人　常使用磨　經歷多年　其後隣國
復來侵境　卽敕取馬　共彼鬪戰　馬用磨故　旋轉而行
不肯前進　設加杖箠　亦不肯行

《大莊嚴論經》

[풀 이] 이 전쟁의 결과가 어찌 되었을지는 생각해 보면 알 수 있을 것이다. 이 어리석은 왕은 공연히 우수한 군마를 없애 버렸다. 전쟁용 군마를 어떻게 맷돌을 돌리는 데 쓸 수 있단 말인가? 마찬가지로 근본, 부분, 실용적 측면에서 볼 때, 전문적인 일을 배운 사람으로 하여금 자기 분야에서 실력을 발휘하도록 하지 않고 배우지 않은 것을 하도록 하는 것은 인재를 없애 버리는 어리석은 행위이다.

이 이야기는 인재를 어떻게 배양하고 등용해야 하는가라는 문제에서 주의해야 할 것들을 알려 주고 있다.

63 우물 속의 달 건지기

아주 오랜 옛날 가시라는 나라에 바라내라는 성이 있었다. 성 밖에는 숲이 우거져 있었고 숲 속에는 원숭이 5백 마리가 살고 있었다. 어느 날 저녁 5백 마리의 원숭이가 여기저기서 놀다가 니구율 나무 아래 모였다. 나무 밑에는 아주 깊은 우물이 있었는데 맑고 고요한 우물물에는 하늘 위의 누런 둥근 달이 비치고 있었다.

원숭이 두목이 우물 속을 한참 동안 자세히 들여다보더니 우물 난간으로 뛰어 올라 말했다. "이 일을 어쩌나. 지금 달이 죽으려고 우물 안으로 뛰어들었구나. 우리가 이 달을 건지자. 그러지 않으면 세상의 밤은 영원히 캄캄할 것이다."

그 말을 들은 원숭이들은 머리를 긁적이고 뺨을 긁으면서 말했다. "이렇게 깊은데 어떻게 해야 좋을까?" 두목이 그럴 듯한 꾀를 냈다. "방법이 있지. 내가 나무 위로 기어 올라가 나뭇가지를 잡을 테니 누가 내 꼬리를 잡아라. 이렇게 하나씩 이으면 우물 안까지 늘일 수 있을 것이다."

모두 그 말을 듣고 기뻐하며 꽥꽥거렸다. 이렇게 하여 길게 꼬리와 꼬리가 이어지자 금방 수면에 닿을 것 같았다. 이때 우지끈 소리가 들리더니 나뭇가지가 부러져 원숭이들은 모두다 깊은 우물 속으로 떨어지고 말았다.

●井中撈月●

過去世時 有城名波羅奈 國名伽尸 於空間處 有五

百獼猴　游行林中　到一尼俱律樹下　樹下有井　井中
有月影現　時獼猴主見是月影　語諸伴言　月今日死
落在井中　當共出之　莫令世間長夜暗冥　共作議言
云　何能出　時獼猴主言　我知出法　我捉樹枝　汝捉
我尾　展轉相連　乃可出之　時諸獼猴　卽如主語　展
轉相捉　樹弱枝折　一切獼猴墮井水中

《僧祇律》

풀 이 불교에서는 '세상의 모든 현상이 공허하다'고 주장한다. 세상의 모든 것을 다 내용 없는 공허라 하는 것은 물질적 욕망을 추구하는 것이 '우물 속의 달 건지기'일 뿐이라는 것인데, 이것은 종교의 특징 가운데 하나이다. 그러나 이 이야기는 또 한편으로는 가능성과 현실성이라는 철학 범주에도 닿아 있다. 그것은 모든 일은 실제에서 시작해야 하며, 목적도 반드시 달성 가능한 것이어야 한다는 것이다. 가능성은 사물의 발전 과정에서 객관적 근거를 가지고 있다. 현실에 그 객관적 근거가 없는 것은 어떤 상황에서도 실현될 수 없다. 이렇게 할 수 없는 일을 굳이 하려 든다면 힘만 낭비할 뿐이다. 객관 사물의 규율과 존재의 여러 가능성을 인식하고 이해하기 위해서는 객관적 근거가 없는 헛된 생각을 품지 않고 실제에 서야만 한다.

173

애기 스님이 불경을 읽고 있었다. 책에는 부처님에게 32가지 장엄하고 신비한 모습이 있는데 그 가운데 27번째 모습이 '넓고 긴 혀를 가진 모습'이라 씌어 있었고, 부처님 혀가 얼마나 넓고 길고 부드럽고 붉었던지 펴면 얼굴을 덮을 수 있고 곧바로 세우면 머리털 근처까지 닿았다고 씌어 있었다. 마음 속에 번민이 생긴 애기 스님은 늙은 스님에게 물었다. "여래 부처님 세존은 지극히 높으신 분인데 왜 이렇게 경박하게 넓고 긴 혓바닥을 내보이시는 건가요?"

"이해를 잘못했구나." 늙은 스님이 대답했다. "이런 혀를 가진 사람은 하는 말마다 다 진실되단다. 애초에 부처님께서 녹야원에서 경을 전하실 때 부처님을 비난할 생각만 하는 바라문이 와서 부처님 말씀이 다 헛소리라고 했다는구나. 부처님께서는 얼굴을 덮고 머리털까지 닿는 긴 혀를 내보이시면서 바라문에게 물었단다. '너는 많은 경전을 보았을 테니 어디 물어보자. 이런 혀를 가진 사람이 거짓말을 할 수 있는지를 말이야.' 이 바라문은 긴 혀를 보고 급히 일어나 절하며 말했단다. '혀가 펼쳐져 코를 덮을 수 있는 사람은 거짓말을 할 수 없다고 했습니다. 당신의 혀가 머리까지 펴지는 데야 오죽하겠습니까? 저는 당신의 말씀이 거짓이 아닌 걸 믿습니다.'"

●廣長舌相●

問曰　如佛世尊大德尊重　何以故　出廣長舌似如輕
相　答曰　舌相如是　語必眞實　如昔佛出廣長舌　覆

面上 至髮際 語婆羅門言 汝見經書 頗有如此舌人
而作妄語不 婆羅門言 若人舌能覆鼻無虛妄 何況
至髮際 我心信佛 必不妄語

《智度論》

풀 이 '장광설'이란 불경에 전해지고 있는 부처의 32가지 모습
가운데 하나로서, 혀를 펼치면 얼굴 전체를 덮을 수 있다는 이야기이
다. 북송의 소동파(蘇東坡)는 "시냇물 소리는 장광설이며 산 빛깔은
청정한 몸과 같다"는 시를 지은 적이 있다. 이것은 불교 교리에 대한
그의 깨달음을 표현한 것이다. 후세 사람들은 그 뜻을 반대로 풀이하
여 '장광설'이라는 말을 입술이 뾰족하고 혓바닥이 날카로워 시비를
뒤집어엎거나 허풍을 치기 쉽다는 의미로 사용하였다.

 우유짜기

어떤 집에서 암소 한 마리를 기르고 있었다. 주인은 손님을 많이 초대할 일이 생기자 우유를 짜 두었다가 손님 접대를 하려고 준비했다. 그러나 우유는 오래 두면 쉽게 상하고 보관이 불편하므로 소에게 잠시 저장해 두었다가 손님들이 왔을 때 한꺼번에 짜내면 신선한 우유를 더욱 많이 얻을 수 있으리라 생각한 주인은 암소와 젖먹이 송아지를 떼놓고 우유를 짜지 않았다.

그 날이 되자 손님들이 모여들었다. 주인이 어미소를 끌어와 젖을 짰지만 조금도 나오지 않았다.

●擠牛奶●

昔有愚人 將會賓客 欲擠牛乳 以擬供設 而作是念
我今若預於日日中擠取牛乳　牛乳漸多　卒無安處
或復酢敗 不如卽就牛腹盛之 待臨會時 當頓擠取
作是念已 便捉犢牛母子 各繫異處 欲後一月 爾乃
設會 迎置賓客 方牽牛來 欲擠取乳 而此牛乳卽乾
無有

《百喩經》

풀 이 어미소의 젖은 송아지에게 먹이지 않거나 짜지 않으면 저절로 말라 버린다. 이 사람은 이러한 사실의 변화를 알지 못하고 제

멋대로 상상하여 신선한 우유를 얻으려 했다. 그는 생우유가 쉽게 변상하고 보관에 불편하다는 것만 알았지 먹지 않거나 짜지 않으면 젖이 말라 버린다는 점을 보지 못했다. 이렇게 주관적·단편적 생각에 따라 행동하면 웃음거리가 될 수밖에 없다.

癩牛奶

66 공중 누각

　어떤 어리석은 부자가 있었는데 그는 다른 부잣집에 높고 웅장한 3층 누각이 있는 것을 보고 부러워 죽을 지경이었다. 그가 가진 것은 돈뿐이었으므로 곧 목수를 불러 똑같은 모양으로 3층 누각을 지어 달라고 했다. 목수는 기초를 다지고 벽돌을 쌓아 가장 아랫 층인 I층부터 지었다. 그것을 바라보다 의심이 생긴 부자가 달려가 목수에게 물었다. "이게 무슨 집이오?" 목수가 대답했다. "당신의 분부에 따라 짓는 3층 누각이 아니오?"

　알고 보니 부자가 부러워했던 것은 집의 가장 윗층인 3층뿐이었고 그가 지으려는 것도 그것뿐이었다. 그는 급히 목수를 제지하며 말했다. "내게 집을 지어 주려면 내 생각에 따라야 하오. 나는 I층이나 2층 같은 건 필요 없소. 3층만 있으면 되니 그것을 지어 주시오."

●三層樓●

往昔之世　有富愚人　痴無所知　到餘富家　見三重樓
高廣嚴麗　軒敞疏朗　心生渴仰　即作是念　我有財錢
不減於彼　云何頃來而不造作如是之樓　即喚木匠而
問言曰　解作彼家端正舍不　木匠答言　是我所作　即
便語言　今可爲我造樓如彼　是時木匠　即便經地壘
墼作樓　愚人見其壘墼作舍　猶懷疑惑　不能了知　而
問之言　欲作何等　木匠答言　作三重屋　愚人復言

我不欲下二重之屋 先可爲我作最上屋

《百喩經》

풀 이 사물에는 본말이 있고 일에는 선후가 있다. 다시 말해 사물에는 일정한 이치가 있다. 평지에 기초를 다지고 벽돌을 쌓아 한 층 한 층 위로 지어 올라가는 게 집짓는 이치이다. 집짓는 이치에 대해서는 전혀 모르는 이 바보 같은 사람은 1층과 2층은 필요 없으니까 3층의 '공중 누각'만 지어 달라고 한다. 이것은 이치에 어긋나는 것이므로 영원히 지을 수 없는 집이다.

三屑橋

67 부스럼 딱지를 좋아하는 성벽

남조 시대에 유옹(劉邕)이라는 사람이 있었는데 그에게는 아주 괴상한 취미가 있었다. 그는 특히 부스럼 딱지를 먹는 것을 좋아했다.

한번은 그가 친구인 맹영휴(孟靈休)를 방문했다. 맹영휴는 온 몸에 누런 물집이 들고 종기가 나서 침대에 누워 병을 치료하고 있는 중이었다. 피고름과 문드러진 피부와 살이 하나하나 홍갈색 딱지가 되었다. 유옹은 침대 곁에 앉아 이야기에는 관심이 없고 침대에서 떨어지는 부스럼 딱지를 주워 먹기에 바빴다. 그는 하나하나 입으로 가져가 맛있다는 듯 씹어 먹었다.

맹영휴는 그것을 보고 놀랍기도 하고 또 속이 뒤집혀 줄곧 고개를 저었다. 유옹은 오히려 즐겁게 그를 부르며 말했다. "형님, 좀 잡숴 보시겠수? 복어보다 맛있다니까요." 침대 위의 딱지를 다 먹고 나서 유옹은 아직도 성이 덜 찬 듯 손을 뻗어 맹영휴의 몸에 있는 딱지를 벗겨 먹으면서 계속 소리쳤다. "맛있어. 아주 맛있어."

●嗜痂成癖●

邕所至嗜食瘡痂　以爲味似鰒魚　嘗詣孟靈休　靈休
先患灸瘡　瘡痂落床上　因取食之　靈休大驚　答曰
性之所嗜　靈休瘡痂未落者　悉褫取以飴邕　邕旣去
靈休與何勖書曰　劉邕向顧見噉　遂擧體流血

《宋書》,〈劉穆之傳〉

[풀 이] 추한 것을 좋아하는 사람을 '부스럼 딱지를 좋아하는 성벽'이라는 말로 형용하는 것은 이 이야기에 근거한 말이다. '성벽'이란 어떤 것이 매우 완고한 습관과 편견이 되어 거짓과 악과 추를 참과 선과 미로 여기는 전도된 판단을 말한다.

68 미치광이의 나라

아주 옛날 외떨어진 남쪽에 작은 나라가 있었다. 이 작은 나라에는 강이 없고 '광천'(狂泉)이라는 샘만 있었는데 이 샘물을 마신 사람은 모두가 미쳐 버렸다. 그래서 온 나라 사람들이 미쳐서 어떤 사람은 바보가 되고, 어떤 사람은 소리를 지르기도 하고, 어떤 사람은 머리를 풀어헤치고 벌거벗었으며, 어떤 사람은 이를 드러내고 입을 일그러뜨리기도 하고, 어떤 사람은 물구나무를 서고, 어떤 사람은 재주를 넘는 등 갖가지 미친 모습을 보여주었다. 왕만 그 샘물을 마시지 않고 뒤뜰의 우물물을 마셨으므로 전국에서 유일하게 무사했다.

백성들은 왕이 샘물을 마시지 않고 또 언행이 다른 사람과 다른 것을 발견하고 왕이 미쳤다고 생각했다. 그래서 함께 모여 왕의 광증을 치료해 주기로 결정하고 왕궁으로 몰려가 왕을 침대에 눕혀 놓고 어떤 사람은 침으로 마구 찌르고 어떤 사람은 쑥뜸을 뜨고 어떤 사람은 뭔지도 모를 약을 왕의 입에 쑤셔 넣었으며 어떤 사람은 왕의 온 몸을 문지르고 두드렸다. 이 고초를 견딜 수 없게 된 왕이 비명을 지르면서 광천으로 달려가 샘물을 몇 모금 마셨다. 그리하여 왕도 미쳐 버렸다. 온나라 사람들이 다 미쳐 버린 이 나라에서는 어디서나 괴상한 소리가 들렸다.

●擧國皆狂●

昔有一國　國中一水　號曰狂泉　國人飮此水　無不狂
唯國君穿井而汲　獨得無恙　國人旣幷狂　反謂國王

之不狂爲狂 於是聚謀 共執國主 療其狂疾 火艾針
藥 莫不畢具 國主不任其苦 於是到泉所 酌水飮之
飮畢便狂 君臣大小 其狂若一 衆乃歡然

《宋書》,〈袁粲傳〉

풀 이 온 나라 사람이 다 미쳤다는 것은 황당하고 우스운 이야기지만 사실은 깊은 성찰을 하게 한다. 몇몇 사람들에 의해 발생하고 이용된 잘못된 사조가 세상을 석권할 때 그것은 '광천'처럼 해독을 끼치고 편견과 습관을 형성하여 크게는 '온 나라 사람이 다 미치게' 만든다. 그리하여 진리가 짓밟히고 시비가 왜곡되면 맑게 깨어 진리를 견지하는 정상적인 사람들이 오히려 미친 사람으로 간주되어 '침이나 쑥뜸 따위의 온갖 도구'의 단련을 받는다. 결국 누가 미친 사람이고 누가 정상인지는 역사에 의해 판정되지만 진짜 미친 사람에 대해서도 객관적 사실이 있어야만 비로소 맑게 깨어나 생각을 가다듬도록 할 수가 있다.

초나라에 송옥(宋玉)이라는 유명한 문인이 있었는데 《등도자호색부》(登徒子好色賦)라는 것을 쓴 적이 있었다. 그는 초나라 양왕 앞에서 누가 더 호색한가에 대해 등도자와 쟁론을 벌이고 있었다. 등도자가 양왕에게 송옥이 빼어나게 수려하므로 후궁들에게 접근하지 못하도록 하라고 권했다. 송옥은 그것을 반박하기 위해 등도자가 아주 호색한이라고 말했다. 그 이유는 그의 아내가 아주 못생겼고 머리털은 봉두난발인데다 입술은 찢어지고 이도 몇 개 남지 않았으며 더구나 곱사등이고 동서쪽도 분간하지 못하지만 등도자와 금슬이 아주 좋아 다섯 아이를 낳았으니까 등도자야말로 호색한이라는 것을 알 수 있다는 것이었다.

●宋玉的手法●

大夫登徒子侍於楚王　短宋玉曰　玉爲人體貌閑麗
口多微辭　又性好色　願王勿與出入後宮　王以登徒
子之言問宋玉　玉曰　體貌閑麗　所受於天也　口多微
辭　所學於師也　至於好色　臣無有也　王曰　子不好
色　亦有說乎　有說則止　無說則退　玉曰　天下之佳
人莫若楚國　楚國之麗者莫若臣里　臣里之美者莫若
臣東家之子…　然此女登牆窺臣三年　至今未許也
登徒子則不然　其妻蓬鬉耳　齞唇歷齒　旁行踽僂　又

疥且痔 登徒子悅之 使有五子 王熟察之 誰爲好色
者矣

《昭明文選》

풀 이 백성들 사이에서 '등도자'가 호색한의 대명사가 되어 버린
것에서 송옥의 궤변의 힘을 알 수 있다.

사실 송옥의 논증에는 문제가 좀 있다. 등도자가 호색하다고(결론)
말하기 위해서는 등도자가 못생긴 아내를 좋아하면(소전제) 못생긴
여자를 좋아하는 사람은 호색한이라는 대전제를 가정해야 한다. 그러
나 이 대전제는 근본적으로 지반이 약하다. 이렇게 따져 볼 때 궤변
이 사람을 미혹시킬 수는 있지만 논리적으로 보면 허점을 가지고 있
다는 것을 알 수 있다.

187

宋多的手法

바람에 날리는 꽃씨

불교는 남조의 제나라, 양나라 시대에 중국에서 유행되기 시작했다.

당시 무신론자인 범진(范縝)은 경릉왕인 소자량(蕭子良)의 문하에서 식객으로 있었다. 범진은 소자량이 향을 피우고 염불을 외울 때마다 곁에서 불교의 인과 응보에 반대했기 때문에 미움을 샀다.

어느 날 후원에서 꽃을 감상하며 술을 마시고 있던 소자량이 곁에 있던 범진을 보고 비웃었다. "선생은 인과를 안 믿지요? 그렇다면 왜 어떤 사람은 부자이고 어떤 사람은 가난하단 말입니까?"

범진은 앞에 있는 복숭아 꽃을 가리키며 말했다. "인생은 나뭇가지에 핀 꽃과도 같습니다. 같은 가지에서 피지만 질풍이 불면 온 하늘을 어지럽게 날다가 어떤 것은 옥으로 만든 상 위에 떨어지고 어떤 것은 똥구덩이에 떨어집니다. 옥으로 만든 상에 떨어진 것은 군주이신 당신이고 똥구덩이에 떨어진 것은 신하인 저입니다. 귀천이 이렇게 현격하게 다르다고는 하지만 인과 관계란 것이 결국 어디에 있단 말입니까?" 소자량은 대답을 못하고 더욱 범진을 꺼리고 싫어했다.

● 飄茵墜溷 ●

初 縝在齊世 嘗侍竟陵王子良 子良精信釋教 而縝
盛稱無佛 子良問曰 君不信因果 世間何得有富貴
何得有貧賤 縝答曰 人之生譬如一樹花 同發一枝
俱開一蒂 隨風而墮 自有拂簾幌墜於茵席之上 自
有關籬牆落於糞溷之側 墜茵席者殿下是也 落糞溷

者下官是也　貴賤雖復殊途　因果竟在何處　子良不
能屈　深怪之

《梁書》,〈儒林傳〉

[풀 이] 범진은 중세 중국의 뛰어난 철학자이며 무신론자이다. 그는 불교 신도인 소자량의 비난에 대해, 인생은 같은 나무에 핀 꽃이 바람이 불어오면 어떤 것은 옥으로 된 상에 떨어지고 어떤 것은 똥구덩이에 떨어지는 것과 같다는 생생한 비유를 들어 불교의 인과 응보론을 배척하고 있다. 이것은 일종의 우연론이고, 바람이 불어 꽃이 떨어지는 것으로 인생의 조우를 비유한 것은 확실히 적절한 것은 아니다. 그러나 그는 이 결함을 보충하기 위해 《신멸론》(神滅論)이라는 글로 형(形)과 신(神) 즉 형체와 정신 중에서 근본적으로 어느 것이 더 중요한가에 대해 답하고, 불교의 '정신 불멸'과 인과 응보론을 비난하는 이론적 기초로 삼았다.

71 소에게 음악을 들려 주면

옛날 공명의(公明儀)라는 한 음악가가 있었는데 거문고를 매우 잘 탔다. 어느 날 소 한 마리가 집 밖에서 혼자 풀을 뜯고 있는 것을 발견한 그는 소에게 몇 곡조 들려 주어야겠다는 생각이 들어 먼저 청각조 한 곡을 탔다. 소는 고개를 숙이고 풀만 뜯고 있을 뿐 전혀 이해하지 못하는 듯했다. 공명의는 곡조가 너무 어려워서 소가 알아들을 수 없는 것이라 생각하고 다른 곡조를 연주했다. 한동안 파리가 왱왱거리는 듯 연주하고 또 한동안 송아지가 우는 듯 연주했더니 소는 꼬리를 흔들고 귀를 쫑긋거리며 풀을 먹지 않고 몸을 돌리면서 왔다갔다 하며 마음을 집중하여 듣고 있었다.

●對牛彈琴●

公明儀爲牛彈淸角之操 伏食如故 非牛不聞 不合其耳矣 轉爲蚊虻之聲 孤犢之鳴 卽掉尾奮耳 蝶躞而聽

《弘明集》

풀 이 이 이야기는 소가 음악을 이해하지 못한다는 데서 시작하여 연주자가 대상 없이 연주하는 것을 조소하고 풍자하는 의미를 내포하고 있다. 그러나 여기서 공명의는 곡조를 바꾸어 연주해 소가 감동하여 꼬리를 움직이도록 했다.

　연주를 하려면 대상을 분명히 알아야 한다. ‘어떤 산에 올라서는 그 산에 맞는 노래를 불러야만’ 실제에 부합될 수 있을 테니까 말이다. ‘실제에서 출발하라’는 말에는 이런 의미가 들어 있다.

對牛彈琴

72 덖은 보리를 먹으면

옛날 대월지국(옛 종족의 이름인데 진·한 교체기에 돈황과 기련 사이에서 유목 생활을 했다)에는 식용 유지와 덖은 보리를 돼지에게 먹여 살찌우는 풍속이 있었다. 궁정 안에 있던 작은 망아지가 그것을 보고 화가 나 어미 말에게 말했다. "우리는 날마다 왕의 명을 받들어 수고를 아끼지 않는데도 건초만 주고 물만 마시게 해요. 이건 정말로 불공평해요."

그러자 어미 말이 새끼 망아지에게 말했다. "살찐 돼지를 부러워하지 말아라. 너도 머지 않아 덖은 보리를 먹은 것들의 최후를 보게 될 것이다."

새해가 왔다. 집집마다 살찐 머리와 큰 귀를 가진 돼지를 잡아 끓는 물에 집어 넣고 털을 뜯었기 때문에 어디서나 돼지들의 슬픈 울음소리가 들렸다.

망아지는 곁에서 그걸 보고 전전긍긍하다가 비로소 이전의 부러움이 사실은 식견이 모자른 것이었음을 분명히 알았다. 이후로 그들은 건초를 먹으면서 의외로 맛있다는 것을 느꼈고 보리를 보면 멀찌감치 피해 다녔다.

●吃煎麥的下場●

昔大月氏國風俗常儀　要當酥煎麥食豬　時宮馬駒謂
其母曰　我等與王致力　不計遠近　皆赴其命　然食以
草芻　飲以潦水　馬告其子　汝等愼勿興此意　羨彼酥

煎麥耶　如是不久　自當現驗　時逼節會　新歲垂至
家家縛豬　投於濩湯　擧聲號喚　馬母告子　汝等頗憶
酥煎麥不乎　欲知證驗　可往觀之　諸馬駒等　知之審
然　方知前憸　爲不及也　雖復食草　時復遇麥　讓而
不食

《出曜經》

풀 이　《출요경》(出曜經)에 나오는 이 이야기는 세간의 물질적 향
수를 부러워하지 말고 티끌로 보아야 하며 부처의 도리에 의지해야
한다는 것으로서, 일종의 승려주의적 설교이다. 그러나 가소롭게도 현
대의 미신 고취자들도 부유한 생활이 사람을 타락시키기 때문에 물질
적 욕망을 버려야 한다고 주장한다. 부당한 방법으로 물질적 향수를
추구하는 것은 나쁜 결과를 가져올 수 있지만 물질적 향수가 언제나
재난으로 바뀐다는 것은 절대적으로 잘못된 주장이다.

73 남생이

　메마르고 외떨어진 어떤 산골짜기에 남생이들이 살고 있었다. 분수를 모르는 새끼 남생이들은 언제나 산골짜기 밖으로 기어나가 비옥한 연못에서 노닐며 먹이를 찾을 생각만 하고 있었다. 어른 남생이들은 늘 그들에게 경고했다. "조심해라. 거기 가서는 안 돼. 연못가에는 밀렵꾼이 기다리고 있단다. 일단 너희들을 잡기만 하면 다섯 토막을 내고 말거다."

　새끼 남생이들은 어른들의 말씀을 한 귀로 듣고 한 귀로 흘려 버렸다. 어느 날 그들은 몰래 약속하고 산골짜기를 빠져나가 넓고 풍요롭고 아름다운 연못가에 닿아 즐겁게 놀고 있었다.

　일찌감치 수풀 속에 숨어 있던 밀렵꾼이 낚싯줄을 이용하여 한 마리씩 남생이들을 잡아갔다. 몇 마리의 새끼 남생이만이 바위 뒤에 숨어 있다 요행히 도망쳐 돌아왔다.

　새끼 남생이 몇 마리만 기어 돌아온 것을 본 늙은 남생이가 놀라서 다급히 물었다. "너희들 연못에 갔었지? 밀렵꾼을 만났지?"

　"밀렵꾼은 못 만났어요." 새끼 남생이가 풀이 죽어 대답했다. "긴 끈이 우리 꽁무니를 쫓아오는 걸 보았을 뿐이에요." "바보 같은 녀석들!" 늙은 남생이는 화가 나 말했다. "바로 그 긴 끈 때문에 너희 조상들도 목숨을 잃었단 말이야."

● 烏龜訓子 ●

群龜告語諸子　汝等自護莫至某處　彼有獵者　備獲

汝身 分爲五分 時諸龜子 不隨其敎 便至其處 共
相娛樂 便爲獵者所獲 或有安隱還得歸者 龜問其
子 汝等爲從何來 不至彼處乎 子報父母 我等相將
至彼處觀 不見獵者 唯睹長線而追我後 龜語其子
此線逐汝後者 由來久矣 非適今也 汝先祖父母 皆
由此線 而致喪亡

《出曜經》

풀 이 늙은 남생이가 새끼 남생이들에게 자꾸 훈계한 것도 이상
할 게 없다. 생각이 단순한 새끼 남생이들은 밀렵꾼을 직접 보아야만
위험하다고 생각한다. 그러므로 밀렵꾼도 보이지 않는데 자기 동료들
이 잡혀 가는 것을 보고 어안이 벙벙해진 것은 그 긴 끈을 밀렵꾼이
조종한다는 것을 모르기 때문이다. 이렇게 사물의 관계를 보지 못하
고 고립적으로 생각하여 잘못을 범하면서도 느끼지 못하는 경우가 종
종 있다.

옛날 어떤 하녀가 있었는데 천성이 정직하고 부지런하여 늘 주인을 위해 정성껏 보리와 콩을 살폈다. 주인의 집에서는 커다란 숫양을 기르고 있었는데 숫양이 하녀가 보지 않는 틈을 타 보리와 콩을 훔쳐 먹고 흩뜨려 놓는 바람에 자꾸만 축이 나는 것이었다. 그럴 때마다 주인은 주의하지 않는다고 하녀를 꾸짖었다. 하녀는 이 숫양이 미워 죽을 지경이어서 부엌에서 일할 때면 언제나 나무 몽둥이를 곁에 두었다가 숫양이 머리를 부엌으로 들이밀기만 하면 두들겨 주었다. 그러면 숫양도 화가 치밀어 뿔로 그녀를 들이받았다. 이렇게 하나는 두들기고 하나는 들이받으면서 늘 싸웠다.

어느 날 하녀가 부엌에서 불을 때고 있는데 그녀가 몽둥이를 가지고 있지 않은 걸 본 숫양이 소리를 지르면서 곧장 밀어붙였다. 다급해진 하녀가 허둥지둥 불붙은 장작을 숫양한테 던졌다. 숫양은 뜨거워 매애 매애 소리 지르면서 불덩이를 등에 지고 미친 듯이 온 동네를 뛰어다녔다. 불은 집을 태우고 삽시간에 온 동네를 활활 타는 불바다로 만들어 버렸다. 바람이 불기운을 돕는 바람에 큰 불이 되어 산으로 곧장 옮겨 붙었다. 숲에 있던 미처 달아나지 못한 원숭이 5백 마리가 산 채로 불에 타 죽었다.

●婢共羊鬪●

昔有一婢　稟性廉謹　常爲主人　曲紗麥豆　時主人家
有一羖羝　伺空逐便　噉食麥豆　斗量折損　爲主所瞋

信已不取　皆由羊嚙　緣是之故　婢常因嫌　每以杖捶
用打羝羊　羝亦含怒　來觝觸婢　如此相犯　前後非一
婢因一日　空手取火　羊見無杖　直來觸婢　婢緣急故
用所取火　著羊脊上　羊得火熱　所在觸突　焚燒村人
延及出野　於時山中五百獼猴　火來熾盛　不及避走
即皆一時被火燒死

《雜寶藏經》

[풀 이] '성 문에 불이 나면 연못의 물고기가 화를 당하는' 격으로 무고한 원숭이까지도 화를 입었다.

　하녀와 숫양이 티격태격한 것은 원래 조그마한 사건에 지나지 않았는데, 결국 이렇게 심각한 결과를 가져오고 말았다. 거슬러 올라가 보면, 이렇게 큰 화가 생긴 발단은 의외로 아주 우연적인 것이지만 그 우연적인 화에는 숫양과 하녀가 그칠 줄 모르고 원망하고 다투었다는 필연적인 요소가 숨어 있다. 우연적인 잘못이나 재앙처럼 보이는 것에도 다 그런 일들이 일어나게 된 원인이 있다. 그러나 어떤 원인은 아주 작은 것이어서 쉽게 발견되지 않는다. '바람이 푸른 싹 위에서 일어나듯이' 말이다. 작고 잘 안 보이는 것을 잘 통찰하여 미리 화를 막아야 한다.

 호랑이와 고슴도치

들에서 먹을 것을 찾고 있던 호랑이가 땅바닥에 드러누워 햇볕을 쬐고 있는 고슴도치를 아주 맛있는 고깃덩이로 여기고 군침을 흘리면서 곧장 삼켰다가 뱉어냈다. 고슴도치는 갑자기 온 몸의 가시를 세우고 죽기 살기로 호랑이의 콧등에 붙었다. 호랑이는 뗄래야 뗄 수가 없어 큰소리로 괴성을 지르며 미친 듯이 깊은 산속으로 뛰어 도망쳤다. 지치고 기력이 빠진 호랑이가 머리를 땅에 쳐박고 혼수 상태에 빠지자 고슴도치는 그 기회를 타서 가시를 집어 넣고 풀숲으로 들어가 숨어 버렸다. 정신을 차린 호랑이는 콧등에 있던 그 무서운 것이 보이지 않자 갑자기 마음이 놓였다. 하지만 큰 나무 아래로 기어간 그는 사방에 떨어져 있는 단단한 도토리를 보게 되었다. 그는 온 몸에 가시가 돋아 있는 도토리를 보고 놀라 몇 걸음 물러나면서 곁에서 자세히 살펴보고는 생각했다. "이 가시 뭉치들은 아까 그것과 꼭 같군. 이게 좀 작은 걸로 보아 그것의 새끼들인가 보군."그리하여 호랑이는 공손하게 이 작은 가시 뭉치들에게 말했다. "조금 전에 너희 어르신을 만나 뵈었지. 그 분께 많은 걸 배웠으니까 너희들은 나를 그냥 보내 주면 좋겠다."

●虎與刺蝟●

有一大蟲　欲向野中覓食　見一刺蝟仰臥　謂是肉臠
欲銜之　忽被蝟卷著鼻　驚走　不知休息　直至山中
困乏　不覺昏睡　刺蝟乃放鼻而走　大蟲忽起歡喜

走至橡樹下　低頭乃橡斗　乃側身語云　旦來遭見尊
賢　願郎君且避道

《啓顔錄》

 이 호랑이는 고슴도치한테 피해를 당하고 나서 도토리까지
도 아주 두려워했다.

'뱀에 물린 사람은 10년 동안 두레박끈을 무서워한다'라는 말이 있
듯이, 좌절이나 재앙을 당한 후에는 쉽사리 두려워하는 심리가 생겨
다시 그런 일이 생기면 더 이상 생각할 여유도 없이 산 속의 나무들
이 모두 군인이라든지 하면서 자신을 얽어매는 경우가 많다. 두려움
이 남아 있는 이런 태도는 바람직하지 않다. '경험할수록 지혜가 느는
법'이므로 좌절과 실패의 경험을 통하여 계속 나아가야 한다.

 말 안장과 주걱턱

　호(鄠)현에 사는 상인이 돈과 비단을 가지고 시장에 갔다. 시장에 있던 불량배들이 그의 어수룩한 모습과 합죽한 입과 긴 턱을 보고 앞으로 나와 그의 멱살을 잡아 끌며 말했다. "이 도둑놈아. 왜 내 나귀 안장을 훔쳐 네 아래턱을 만드는 데 썼니?" 이렇게 악당들은 앞에서 소리치고 뒤에서 당기면서 그를 관청으로 끌고 가 추궁하려 했다.

　상인은 너무나 놀라 지니고 있던 돈과 비단을 몽땅 다 꺼내 나귀 안장 값을 물어 주었다.

　빈손으로 돌아온 그를 본 아내가 무슨 일이 일어났는지 급히 물었다. 그가 처음부터 끝까지 자세히 말해 주자 화가 난 아내가 삿대질을 하며 욕을 해댔다. "멍청이! 뭐? 나귀 안장으로 턱을 만들 수 있다고? 관청까지 갔으면 공정한 판결을 받을 수 있었을 텐데 무엇 때문에 그 많은 재물을 그냥 줘 보내요?"

　상인이 말했다. "당신이야말로 멍청이요. 관청에 가면 현장 나으리가 내 아래턱을 깨뜨려 조사할 게 뻔한데 어떻게 하란 말이오? 내 턱 값이 겨우 그 돈과 비단 정도밖에 안 된단 말이오?"

●驢鞍下頷●

鄠縣有人將錢絹向市　市人覺其精神愚鈍　又見顔頤
稍長　乃語云　何因偸我驢鞍橋去　將作下頷　欲送官
府　此人乃悉以錢絹求充驢鞍橋之直　空手還家　其
妻問之　具以此報　妻語云　何物鞍橋　堪作下頷　縱

送官府　分疏自應得脫　何須浪與他錢絹　乃報其妻
云　痴物　倘逢不解事官府　遣拆下頷檢看　我一個下
頷豈只直若許錢絹

《啓顔錄》

[풀 이] 이 상인은 결코 멍청이가 아니다. 이 이야기에는 사법 기관의 부패와 관리의 어리석음이 반영되어 있다. 이러한 부패하고 어리석은 자들의 가장 큰 특징은 우선 구체적인 사실을 구체적으로 분석하지 않고 오히려 객관적 실제를 자신의 주관적 의지와 경직된 공식에 맞추려 한다는 점이다. 사람의 목숨을 지푸라기처럼 가볍게 여기고 경솔하게 판결하는 봉건 사회에서 정말로 턱을 쪼개 조사하지 않는다고 누가 보장할 수 있겠는가?

 깃발인가, 바람인가, 마음인가

　당나라 시대에 혜능(惠能)이라는 스님이 있었다. 한번은 그가 광주
법성사로 경을 들으러 갔다. 마침 모든 스님들이 마음을 가라앉히고
경을 듣고 있는 참이었다. 그때 갑자기 바람이 불어와 불상 앞에 걸
려 있던 깃발이 움직였다. 그러자 그 자리에 있던 두 스님이 그것을
보고 다투기 시작했다. 한 스님이 말했다. "저기 보게. 저 깃발이 움
직이는 걸." 또 한 스님이 말했다. "틀렸어. 깃발이 움직인 게 아니라
바람이 분 거야." 두 사람은 쉬지 않고 논쟁을 했다. 그 말을 들은 혜
능은 입술을 삐죽이며 말했다. "바람이 분 것도 아니고 깃발이 움직
인 것도 아닙니다. 당신들의 마음이 움직인 거지요."

●幡動 風動 心動●

(惠能)至廣州法性寺　值印宗法師講涅槃經　時有風
吹幡動　一僧曰　風動　一僧曰　幡動　議論不已　惠能
進曰　不是風動　不是幡動　仁者心動

《六祖壇經》,〈行由品第一〉

　풀 이　유심주의자는 사물이 객관적으로 존재한다는 것을 인정하
지 않는다. 바람이 불어 깃발이 움직인 것은 분명히 객관적 사실이다.
이것은 스님이 보거나 보지 않거나 아무 상관이 없다. 그러나 혜능은
바람이 불어 깃발이 움직인 사실의 객관성을 부인하고 '마음이 움직

인’ 결과라고만 생각한다.

　유물주의자는 바람이 불어 깃발이 움직인 사건이 스님의 감각을 끌어낸다고 즉 객관이 주관을 결정한다고 하고, 유심주의자는 스님의 감각이 사건을 만들어 낸다고 즉 주관이 객관을 결정한다고 한다. 이 두 가지 사고 방식에는 엄청난 차이가 있다.

幡動風動心動